JN166795

寿司銀捕物帖

マグロの戯れ

風野真知雄

角川文庫
24542

目次

第一話　おバカなすし屋がうまいわけ

一

「おやじさんのことですがね」

と言ったのは、ついこの前まで〈銀寿司《ぎんずし》〉のあるじだった、岡っ引きの銀蔵《ぎんぞう》である。

銀蔵は、すし名人の誉れも高かったが、かつて世話になった北町《きたまち》奉行所定町廻《じょうまちまわ》り同心《どうしん》の谷崎十三郎《たにざきじゅうざぶろう》に懇願され、二十年ぶりに十手を預かることになった。

「ああ、なんでえ？」

そう訊《き》き返したのは、谷崎十三郎のせがれで、同心見習いの十四郎《じゅうしろう》である。

「おやじさん、今日も奉行所には出て来ていねえんで？」

二人は、北町奉行所の門から出て、目の前の呉服橋《ごふくばし》を渡っているところである。

朝から蒸していたが、お濠《ほり》の上を渡る風は、薄青い波でも見えているような爽《さわ》やかさが感じられる。

「ああ、今日も休むそうだ」

十四郎の父・谷崎十三郎は、このところ身体の具合を悪くして、出仕を怠りがちなのだ。確か、これでもう四日も、奉行所に出て来ていない。

「具合がよくねえんで？」

「だろうな。なんせ口には出さないからね」

「そうでしょうね」

自分の身体の具合を家族に愚痴ったりするのは、武士として、男として、みっともないと思っているのだろう。

「じつはね……」

と、銀蔵は医者の矢沢精庵《やざわせいあん》から聞いた話を十四郎に語った。

十三郎は、精庵に診てもらっていて、当人は膈《かく》（悪性腫瘍《しゅよう》）だと思っているみたいだが、精庵の診立てでは、脚気《かっけ》だろうということだった。ただ、脚気もだいぶ進んでいて、まもなく身体が腫《は》れたり、むくんだりして、心ノ臓がやられるだろうと。

「精庵先生は、その話をおやじにしたんですか？」

と、十四郎は訊いた。

「言ったそうですよ」

「おやじは、なんと？」

「ああ、そうかと言ったきりだったみたいです」

「やっぱりな」

「膈だろうが、脚気だろうが、たいして変わらねえと思ったんですかね」

江戸《えど》の人間からしたら、膈も脚気も不治の病なのである。

「苦しいのに変わりはないだろうしな」

と、十四郎は言った。

「でも、十四郎さん、脚気なら、江戸患いと言われるくらいだ。江戸を離れて田舎に行けば、治るかもしれませんぜ。じっさい、治った例がいくらもあるそうです」

江戸と田舎となにが違うのか。人が多いことが病の元になっているのか。風邪やコロリみたいに、流行《はや》り病のようなものなのか。そこらは、蘭方も漢方も学んだという精庵にもわからないらしい。

「行かないな」

十四郎は苦笑して言った。

「いちおう、話してみたら、どうです？」

「うーん」

「田舎に心当たりがないなら、あっしの親戚《しんせき》が、大山《おおやま》参りの途中にある七沢《ななさわ》というところにいて、のんびり暮らしているんですよ。小屋みたいな家ですが、広いから何人でも泊まれますし、近くに湧き湯があって、あっしもいっぺんだけ行ったことがあるんですが、いいところでした」

これから江戸はますます暑くなるが、あそこなら涼しく過ごせるはずである。

「へえ」

「話してみてくれませんか？」

「わかった。無駄だとは思うが、話してみるよ。なんせ、おやじは、ああ見えて凄《すご》い寂しがり屋なんだよ。人がわさわさうごめいているようなところが好きなんだ。床だって、わざわざ通りが見えて、音の聞こえるところに敷かせているくらいだからな」

「でしょうね」

「ま、銀蔵の好意ということで話してみるよ。おいらが勧めるみたいに言うと、おめえは、おいらを隠居させたくて言ってんだろうとか、ひがんだりするからね。あれで、けっこうひがみっぽいんだぜ」

「ぜひ、言ってみてください」

　と、銀蔵は頭を下げた。

　二人は日本橋《にほんばし》川沿いにやって来て、江戸橋のたもとで立ち止まった。周囲が水景になっている。江戸の中心部というのは、水景の町と言っていいくらいなのだ。

　目の前を、右から左、左から右へ、荷物を積んだ舟が行き交っている。船頭たちの笑い声もする。蔵が立ち並び、そこからも、荷舟から揚げられた荷物が荷車に積まれ、人足たちがこれを引いて行く。活気に満ちた江戸の朝である。

　谷崎十三郎は、こういう景色のなかで育ってきたし、こういう朝しか知らないのだ。

　一面、山や畑に囲まれ、鳥や獣の鳴き声のほかは、ほとんど物音もしないようなところに行ったら、

「死んでるのと、どう違うんだ？」

　谷崎はそんなふうに言うに違いなかった。

二

江戸橋を渡ると右に折れ、荒布橋《あらめばし》、親仁橋《おやじばし》と渡って、各町の番屋に顔を出しては、

「なにか変わったことはないか？」

と、訊《たず》ねる。

「なにもございません」

と答えれば、そのまま通り過ぎる。途中、気になることがあれば、こっちから訊ねる。これが、定町廻りの日常である。

今日は住吉町《すみよしちょう》の通りに葬式が出ていたので、そこの番屋で誰が死んだのかと訊いた。

「初瀬屋《はつせ》の大旦那《おおだんな》です」

番太郎が答えた。

「初瀬屋と言うと、質屋か？」

と、十四郎が訊いた。金が関わる商売だと、町方はいちおう死因を気にする。

「へえ、そうです」

番太郎がうなずいたそばから、

「大旦那は、もういい歳だったよな」

と、銀蔵が口を挟んだ。

「九十二でした」

「九十二か」

十四郎は苦笑した。

まず、悪事がからんでいる心配はない。そのまま歩きつづける。

浜町堀《はまちょうぼり》沿いに進んで、富沢町《とみざわちょう》の番屋に来たときである。

ちょうど、心配そうな顔で、若い娘が出て行ったところだった。ちらっと見たところでは、歳のころは十七、八。ギヤマンのきらきらと光るかんざしを挿し、おそらくアメリカの字を柄にした、こ洒落《じゃれ》た着物を着ていた。見た目はいまどきの若い娘だけに、その暗い表情が銀蔵はやけに気になった。

後ろ姿を見送って、

「なにかあったのかい?」

と、銀蔵は番屋のなかにいた町役人に訊《き》いた。

「ええ。あの娘の――おりんちゃんというんですが、いっしょに暮らしていた婆さんが、いなくなっちまったらしいんです」

「いくつくらいの婆さんなんだ？」

「五十六、七といったところでしたか」

「じゃあ、まだ惚《ぼ》けて徘徊《はいかい》したりはないだろう」

「それどころか、滅法、元気な婆さんで、足腰なんぞも達者なものでした」

十四郎はまだ、娘の後ろ姿を見ていたが、ようやくこっちを見て、

「いつ、いなくなったんだ？」

と、訊いた。

「三日ほど前です」

「金を持っていたりする婆さんじゃねえよな？」

この問いに、銀蔵もわきでうなずいた。金のある婆さんだとすると、狙われたということもあり得るだろう。

「とんでもねえ、いつもぴいぴい言ってますよ」

「そうか。奉行所にも、今日の朝までは、婆さんの遺体が見つかったとかいう話は入ってなかったけどな」

あれば、定町廻り同心の朝の会議で伝えられている。

「どうする、銀蔵？」

十四郎が訊いた。

「その、おりんちゃんの話をもうちっと詳しく聞いておきましょう」

おりんの家は、長谷川町《はせがわちよう》に近いほうの、筆屋の横を入った裏長屋だった。

腰高障子の戸を開けて、

「おう、ごめんよ。おいらは町方の者だけど、いま、番屋でおりんちゃんの婆ちゃんがいなくなったって聞いたんだがな」

銀蔵がそう言うと、おりんの顔がすうっと青ざめ、

「まさか、婆ちゃんの遺体が？」

と、訊いた。

「そうじゃねえ。ただ、耳に入った以上は、いちおうありきたりのことは聞いておこうと思ってな。なんなら、近辺の番屋に、人捜しを頼むこともできるんだぜ」

「ありがとうございます」

そこで銀蔵は、「旦那《だんな》が訊きますか？」という顔で十四郎を見ると、十四郎は、「いいから、お前がつづけろ」というように、顎《あご》をしゃくった。

「ここは、二人暮らしなのかい？」

と、銀蔵は訊いた。

「そうなんです。家は、堀切《ほりきり》村の百姓なんですが、あたしは六番目の末っ子で、髪結いになりたくて、江戸に出て来たんです。すると、婆ちゃんが、あたしも江戸に行く、若いときから江戸に出て来たかったと、いっしょに堀切村から出て来ることになったんです」

「まあ、可愛い孫が心配だと思う気持ちもあったんだろうな」

「それで自分がいなくなってちゃしょうがないですよね」

「そうだな」

「だから、あたしは、婆ちゃんは来なくていいと言ったのに」

そう言って、おりんはいまにも泣き出しそうな顔をした。

「迷子になったのかな？」

「あの婆ちゃんが迷いますかねえ。たとえ迷っても、浜町堀の栄橋《さかえばし》の近くって人に言えば、わかりやすいところですよね」

「そうだよな」

と、銀蔵はうなずき、

「婆ちゃんの名前は？」

「さだです」

「おさだ婆ちゃんは、ふだんはなにしてたんだ？」

「飯炊きとか、炊事とか。最初は、通旅籠町《とおりはたご》の宿屋でしてたんですけど、その宿屋が火事で焼けたので、別の店に移ったとは言ってました。あんまり詳しい話はしないんですよね」

「いちおう、顔の特徴と、いなくなったときの恰好《かっこう》を聞いておくかな」

「顔は、あたしは婆ちゃん似って言われてて、でも、髪は真っ白です。背は小さくて、五尺に三寸ほど足りないくらい（一四二センチ）です。それで、いなくなったときは、よれよれの紺の絣《かすり》の浴衣《ゆかた》に、茶色の帯を締めて、下駄履きだったと思います」

「なるほど」

銀蔵は、いまの話を手帖《てちょう》に書き留め、部屋のなかをざっと見回し、

「神信心とかも、とくにはなさそうだな？」

と、訊いた。火伏のお札が貼ってあるほかは、神棚も仏壇もない。神信心に熱心なあまり、山籠《ご》もりをしたり、急に伊勢《いせ》参りに出たり、そういう例も少なくない。

「はい。そっちはあんまり熱心ではなかったです」

「じゃあ、この界隈《かいわい》の番屋には、おさだ婆ちゃんがいなくなったことを伝えておくよ。あんたも、なにかあったら、すぐにここの番屋に伝えるんだぜ」

「わかりました。よろしくお願いします」

おりんが、深々と頭を下げると、ギヤマンのかんざしが動き、きらきらと虹色《にじいろ》に輝いた。

三

薄情というわけではないが、町廻《まわ》りで忙しい十四郎と銀蔵は、ついおさだ婆さんの失踪《しっそう》のことは忘れてしまったが、三日後の朝、富沢町の番屋に立ち寄ると、この前の町役人が、

「あ、親分さん。いなくなってたおりんのとこの婆さんが、もどりましたよ」

と、声をかけてきた。

「そりゃあ、よかった。どこに行ってたんだ？」

と、銀蔵が訊くと、

「それがわからないらしいんです」

「わからない？」

「自分じゃ、天狗《てんぐ》にさらわれたと言ってるんです」

「そんな馬鹿な」

銀蔵は、天狗だの、神隠しだのといった話は信じない。ふいにいなくなったりしたら、不慮の事故に巻き込まれたか、あるいはひそかに殺されてしまったりしているのだ。

もどったというのも、なにか事情が隠れているに違いない。

「十四郎さん。ちっと話を聞いておきましょう」

「そうだな」

と、この前の長屋に向かった。

おりんはおらず、おさだがぼんやり部屋に座っていた。十四郎と銀蔵を見ても、なにも言わず、目を見開いただけである。

「町方の者だがな、おりんはどこだ？」

十四郎が訊《き》いた。

「髪結いの見習いをしてるんで、長谷川町の菊乃《きくの》さんのところに行きましたです」

「あんたは、おりんの祖母のおさだだな？」

「はい」

なるほど、おりんによく似ている。目は大き過ぎるくらいで、鼻は低く、口がやけに小さい。木に登っていたら、ミミズクと間違えられるかもしれない。

「おりんは、いなくなったと言って、ずいぶん心配しておったぞ。おいらたちも、この界隈の番屋に、あんたのことは報《しら》せておいたんだ」

「はい。町方のお役人にも相談したとは、おりんからも聞いてました。番屋のほうには、ご挨拶《あいさつ》してきたんですが、どうも、お手間をおかけして申し訳ありませんでした」

おさだはぺこりと頭を下げた。こっちの言うことも理解しているし、礼を言うくらいだから、世間の常識も失《な》くしてはいない。

「いったいどこに行ってたんだよ？」

と、十四郎は少し咎《とが》めるように訊いた。

「どこか、遠い山奥でした」

おさだは、麦畑のなかの初恋の思い出でも辿《たど》るような目をして言った。

「山奥だと？」

「夜道を歩いていましたら、ふうっと目の前が暗くなりましてね。耳元で、わしは天狗だ、働き者のお前をいい目に合わせてやることにしたと、そう言ったんです」

「自分で天狗と言ったのか？」

「はい」

「天狗が名乗るか？」

「名乗ったんです。それで、ふわふわっと空を飛んでいるみたいな気がしたと思ったら、たちまち、どこか山のなかの小屋に連れて行かれました」

「山のなか？」

「はい。一面、こんもりとした杉林です。こんなにすぐに山のなかに連れて来られたなんて、凄《すご》い速さで空を飛んだに違いありません。やっぱり天狗さまのしわざだと思いました」

「天狗の顔は見たのか？」

「昼間は姿を現わさないので、顔ははっきりとは見てません」

「もどるときは？」

「夜中に寝ているとき、起こされて、また、しばらく空を飛んだと思ったら、家の近くに転がされていたんです」

「天狗は、なんだっておめえをさらったんだろうな」

「ですから、働き者のあたしにいい目に合わせてくれたんですよ」

「なんのいい目だよ？」

「素晴らしいごちそう責めです」

「ごちそう責め？」

「朝昼晩と、うまいものばっかり。おはぎに、饅頭《まんじゅう》、羊羹《ようかん》にお汁粉。それもたっぷりです。おかげで、太っちゃいましたよ」

「うまいものというか、甘いものばかりだな」

「あ、違います。おはぎには沢庵《たくあん》、お汁粉には梅干しといったように、しょっぱいものもつけてくれるんです。だから、なおさら甘いものがおいしくてねえ。五日ほどして、今日はもう帰ってもらうと言われたときは、もうちょっと置いといてくださいと、思わず頼んでしまいましたよ。竜宮城《りゅうぐうじょう》に行った浦島太郎《うらしまたろう》さんも、こんな気持ちだったんじゃないですかね」

「浦島太郎？　あんた、もどったら急に老けたんじゃないのか？」

「いいえ。以前から、こんな年寄りですだ」

「ふうむ」

と唸《うな》って、十四郎は銀蔵を見た。

「変な話ですね」

と、銀蔵は言った。じつに変な話である。天狗が現われて、たちまち山奥に連れて行かれたというのも変だし、ごちそう責めなどというのもおかしい。だが、天狗じゃなかったとしても、こんな婆さんを饗応《きょうおう》して、なんのためになるのか。

「まあ、無事にもどったのだから、いいか」

「そうですね」

確かに、これが重大な悪事と関わっているとは考えられない。

「じゃあ、これから夜道には気をつけるんだぜ」

十四郎がおさだにそう言って、長屋を後にした。

四

この日は、竜閑《りゅうかん》川沿いにさかのぼって来ると、小伝馬町《こでんまちょう》の牢屋《ろうや》敷の近くで、近ごろ、なんだか怪しいやつがうろうろしているという訴えがあった。そのため、界隈《かいわい》の番屋で詳しい話を聞いたり、牢役人と打ち合わせたりして、そこで日が暮れてしまった。

「十四郎さん。腹減ったでしょう。〈銀寿司〉で軽くつまんで、それから〈おけい〉で一杯やって行きませんか」

定町廻りは、奉行所にもどって、その日の報告をしなければならないが、見習いでもそれくらいの道草は許される。

「そうだな。じゃあ、おけいのところは、おいらが払うよ」

「なにをおっしゃいますか」

「いや。母親から、お前も銀蔵さんにごちそうになってばかりではいけませんよと、今朝、小遣いをもらったんだよ」

「そうなんですか」

「おやじからも、そろそろ金の遣い方を学べと釘《くぎ》を刺されてますので」

「じゃあ、おけいのほうは遠慮なく」

そう言って、まずは銀寿司ののれんをくぐった。

魚河岸《うおがし》に近い小網町《こあみちょう》一丁目にある銀寿司は、「安くてうまい」と評判で、今日も大入りである。

銀蔵が顔を出すと、

「あ、いま、ぜんぶ、ふさがっちゃってるんですよ。お二階に持って行きましょうか？」

と、手伝いの女中が言った。二階は、家族の住まいになっているが、銀蔵の部屋は散らかり放題で、あんなところには案内したくない。

「あ、あの隅が空いてるな」

銀蔵が指差したのは、座布団置き場にしている隅の一角である。満員で座布団もぜんぶ出ているので、畳二畳分ほどが空いている。ただ、いかにも隅の、壁に寄りかかるようなところである。

「いいんですか、同心さまをあんなところに座らせて？」

女中は心配そうに訊《き》いた。

「十四郎さん、申し訳ないですが」

銀蔵が十四郎を見ると、

「もちろんかまわねえよ」

そう言って、二人は隅に席を取った。

「十四郎さんには、銀のすし、おいらは竹でいいや」

銀寿司は、銀、金、松、竹、梅と、五段階に分かれ、ネタや量が違う。ここでは、金よりも銀のほうが上等なのだ。銀は量も多いので、五十を過ぎた銀蔵は、ちょっと持て余すくらいである。竹でも、ふつうのすし屋のいちばん上くらいのすしが食べられるのだ。

さっそく出されたすしを、十四郎がうまそうに食べ始めるのを見ていると、衝立《ついたて》で仕切られた隣の席の話が聞こえてきた。

「ほらな。銀寿司のアジは、酢で締めてねえだろ？」

「ほんとだ」

「これは、採れたてじゃねえとできねえと思うんだよな」

「そうだよ。ここは、魚河岸が近いからな。夜、もどって来る舟の魚を買い付けたりできるんじゃねえか？」

「ああ、今度、裏に回って、台所の動きを見てみるか」

「そうだよ。おれたちの目標は、やっぱり銀寿司だ」

そんな話をしている。

十四郎にも聞こえていて、

「おい、銀蔵。お前のところの技が盗まれそうだぞ」

と、小声で言った。

「どういうやつらなんです？」

銀蔵のいるところからは、二人の顔はまったく見えない。

十四郎が身体を横に倒すようにして、衝立の向こうを盗み見ると、

「真面目そうな男の二人連れだよ。顔が似てるから、兄弟じゃねえか」

「ははあ」

さらに耳を傾けると、

「シャコはメスだぞ」

「うん。オスのほうが、身は柔らかいんだけどな」

「でも、このカツブシの歯ごたえは面白いな」

「確かに」

カツブシとは、シャコの卵のことである。じっさい、銀寿司ではこの時季、シャコは卵をはらんだメスだけを使っている。

「食いながら、帳面に書きつけたりしてるぞ」

と、十四郎は小声で伝えた。

「へえ」

「やめさせるか？」

「いや、そんなことはかまいませんよ。うちの寿司を手本にしてもらえるのは光栄ってもんでしょう」

そう言って、二人の話に耳を傾けた。

「飯は少ねえな。ふつうの半分くらいじゃねえか」

「うん。でも、このほうが、ネタの味はよくわかるよ」

当時のすしは、現代よりも飯の量が多い。三つか四つも食えば、小腹は満たされるくらいである。が、銀寿司では、八つから十のネタを味わってもらいたいので、飯の量を少なめに握っているのだ。屋台の店でこれをやると、「ケチ臭い」などと文句を言われたりするだろうが、十貫前後を食うことになる銀寿司では、これで充分、満足してもらえる。

だが、二人の話を聞くと、どうもすし屋にはなりたいが、弟子として基本を学ぶことはしたくないらしい。親方や先輩に厳しくされるのは嫌なので、それなら、自分たちだけで人一倍勉強して、うまいすしをつくるようになりたいらしい。

「やつら、なんだか甘えた料簡《りょうけん》だな」

十四郎は非難するように言った。

「でも、あっしはそれがいちがいに悪いとは言えねえと思いますぜ」

「そうなの？」

じっさい、店によっては、店主が弟子をほとんど苛《いじ》めるみたいにこき使ったりする。すしの修業とは関係ないことまで叱り、ときには殴ったりもする。あれでは、逆に気持ちがひねくれてしまい、頑固なすし職人は育つかもしれないが、いまのすしをどんどんいいものにしていくような、新時代のすし職人は育てられないだろう。

「ああやって、いろいろ考えながら切磋《せっさ》琢磨《たくま》するのも、一つの道かもしれませんぜ」

「銀蔵は寛大だな」

と、十四郎は感心した。

「じゃあ、次はおけいのところに行きましょう」

「ああ、行こう」

立ち上がった拍子に、銀蔵は衝立の向こうの二人の顔を見ようとしたが、ちょうど俯《うつむ》いて帳面に文字を書いているところで、顔はわからなかった。

五

それから、銀蔵と十四郎は、一軒おいた並びにあるおけいの店に入った。

「いらっしゃい。あら、谷崎さまも」

おけいの顔が輝いたように見えたのは、銀蔵のせいか、十四郎のせいか。だが、この表情は商売用というと棘《とげ》があるが、やはりおもてなしの気持ちから来るもので、女の顔ではないのだと、銀蔵はつねづね自分に言い聞かせている。銀蔵は五十過ぎ。おけいは三十ちょっと。釣り合う歳ではない。もっとも、この店のほとんどの客は、おけいの笑みと、やさしい言葉に慰められたくて来ているのだ。

「オー、おかっぴいノ銀蔵サン」

奥で手を挙げたのは、横浜《よこはま》に駐留しているフランスの軍人、ピエール・ポワンである。そのそばには、通詞の小田部一平《おたべいっぺい》もいる。

「サッキ、銀寿司デ、召シ上ガッテキタヨ」

ポワンがそう言うと、おけいは声をあげて笑い、

「ポワンさん。自分で召し上がったは変よ。食べてきたでいいのよ」

と、やさしく注意した。

おけいが出してきた酒を一口飲んで、

「前から訊きたかったんだけど、フランス人から見て、すしのうまさはどういうところにあるのかね?」

と、銀蔵はポワンと小田部の双方を見ながら訊いた。

小田部はすぐに、銀蔵の言葉を訳して伝え、返事も訊いてくれた。

「まず、見た目がきれいだそうです」

と、小田部は言った。

「見た目かい」

と銀蔵は言ったが、しかし、食いものの見た目というのは大事だと思う。

「おけいさんのように、すっきりして、涼やかで、なおかつ、どことなく温かみがあるとも言ってます」

「それって、すしじゃなくて、おけいを褒めてるんじゃねえのか？」

銀蔵の言ったことが、通訳されると、ポワンはおけいを見ながら、片目を閉じてみせた。どういう意味か知らないが、銀蔵からすると、こじゃれて、なおかつむかつくしぐさである。われらがおけいを、フランス人に奪われたくない。

「だいたい、フランスでは、生の魚は食べないんだそうです。悪くなっているかもしれないし、生臭いこともあるし。でも、すしだとそんなに生臭さは感じないそうです」

と、小田部が伝えた。

「ま、ネタをしょう油や酢に漬け込んだりもするしな」

それで生臭さはずいぶん消える。

「ワサビやガリもいいと言ってます。あれは素晴らしい工夫だと」

「フランスにはワサビやガリはないのかい？」

わきから、十四郎が驚いて訊《き》いた。

「ワサビは似たようなものはあるけど、同じものはないそうです。ショウガはフランスにもあるけど、こんなに甘酸っぱくはしないみたいです」

「そうなんだ」

「それで、いろんな魚を野菜と混ぜたりせず、そのまんま、ほぼ生で食べるでしょ。魚やほかの材料のそれぞれの味がよくわかるというんです」

「フランスじゃ、牛の脂で、魚や野菜を焼いたりするらしいからな」

と、銀蔵は言った。いまは本石町《ほんごくちょう》から築地《つきじ》のほうに移った、異人宿〈長崎屋《ながさきや》〉の料理人から聞いた話である。

「ポワンさんは、マグロ、エビ、タイ、アジ、イカ、タコ、ハマグリ、シャコ……もう、どれもみんなうまいと言ってます」

「そうか」

「あ、それと、シャリもうまいって。フランスにも米はあるが、あんなにおいしい米はないって。日本の米を輸入したいとも言ってます」

「ずいぶん褒めてくれたもんだぜ」

愛するすしをこんなに褒められて、銀蔵も悪い気はしない。

六

翌日——。

十四郎と銀蔵が、元吉原《もとよしわら》の住吉町あたりに来ると、

「あっ、旦那《だんな》、親分、大変です」

と、番屋の番太郎と行き当たった。

「どうした？」

「そっちで波助《なみすけ》って馬鹿が暴れてまして、とにかく力の強いやつなんで、いま、刺叉《さすまた》を取って来ようと思いまして」

「わかった。どこだ？」

「そこのへっつい河岸のとこで。あっしも行きます」

番太郎といっしょに駆けつけると、店のなかから大きな声がしている。

のれんが架かっていて、〈波助寿司〉とある。銀蔵の知らないすし屋だが、いま、江戸は町内に一軒はあるというそば屋より、すし屋のほうが多いくらいである。知らないすし屋があるのは、当然と言っていい。

飛び込もうとすると、顔を腫《は》らした男が転がり出て来て、十四郎を見ると、

「助けてください」

と、すがりついた。

「てめえ。逃げるんじゃねえ」

大声がして、六尺（一八二センチ）もありそうな大男が外に出て来た。もっとも、十四郎だって、背丈では負けていない。

大男は、十四郎と銀蔵を見ると、

「手助けするんじゃねえぞ」

と吠《ほ》えた。

「誰だ、こいつは？」

十四郎が番太郎に訊いた。

「ここのあるじの波助ってやつです。昔から暴れん坊で有名で、怒り出すと誰にも

止められねえんですよ。まったく、なんで怒らせたのか」

と、番太郎が愚痴った。

「おい、波助。落ち着け」

十四郎がなだめるように近づくと、

「うぉーっ」

波助は吠えながら、諸手を突き出した。これをまともに食らって、十四郎は二間ほど、後方に吹っ飛んだ。

「こいつ、町方に逆らう気か！」

銀蔵が怒鳴ると、

「町方？　ああ、おらはなんにも悪いことはしてねえよお」

と、怯《おび》えた顔をしながら、ますます暴れっぷりがひどくなった。いったん店に入ると、客が座るための樽《たる》を取って、これを次々に投げつけてくる。危なくて、とてもじゃないが近づけない。

「きさま。やめないと斬るぞ！」

立ち上がっていた十四郎が刀に手をかけて脅した。

すると、銀蔵は慌てて止めた。

「旦那、斬るのはまずいでしょう」

「だが、こいつ、ひどくなる一方だぞ」

「ちょいと、お待ちを」

銀蔵は、波助が樽を取りに店のなかへもどった隙に、さっと戸口のわきに隠れた。

そして、ふたたび波助が現われたとき、指先で波助の喉《のど》を突いた。

「うげっ」

これで動きを止めると、銀蔵は右手を使って、樽から波助の指を引き剝《は》がし、手の外側に向けて曲げた。

「あ、痛てて」

折れるほどは曲げない。波助が指を折られないようにと、身体もいっしょにのけぞらせたところへ、左手の指二本を波助の鼻の穴へと突っ込み、振り回すようにした。

波助の巨体がきれいに回転すると、顔から地面に激突した。

そこへ、十四郎と番太郎も飛びかかって、三人がかりで後ろ手に縛り上げた。

「まったく手間かけやがって。とりあえず番屋にぶち込んどいてくれ」

銀蔵が番太郎に言った。

「わかりました」

番太郎は、途中から駆けつけて来ていた町役人たちと三人がかりで、波助を番屋へと引きずって行った。

七

波助に殴られていた男は、呆然《ぼうぜん》と地べたに座り込んでいたが、

「おい、大丈夫か？」

と、声をかけると、ようやく安心したのか、

「ふうっ」

と、気を失った。

「おい、しっかりしろ」

銀蔵が抱え上げると、

「あ、すみません。殺されるかと思いました」

すぐに正気を取りもどした。

「また、ずいぶんやられたもんだな」

顔が真っ赤になって腫れあがっている。役者だったら、十日は舞台に出られないだろう。

「まったく、こっちは店のためを思って忠告してやったのに、黙って聞いていたかと思ったら、いきなり暴れ出したんですよ」

「忠告だと？」

「ええ」

と、うなずいた男はようやく銀蔵の顔が目に入ったらしく、

「あれ？　銀寿司の親分？」

銀蔵を知っていたらしい。

「ああ、そうだ」

「そりゃあ、話が早い。じつは、あっしはこの町内に住む欣之助《きんのすけ》って者なんですが、去年の暮れにこの波助寿司ができたときから、贔屓《ひいき》にしてやっていたんです。しかも、波助のことは子どものころから知っていて、こいつのおやじからも、面倒見てやってくれと、頼まれたりしてたんです」

「そうなんだ」

「それで、十日ぶりにここのすしを食ったら、急に味が落ちていたんです。いきな

り、こんなにまずくなるかっていうくらいに」

「ほう」

「あっしは言おうかどうか迷ったんですが、やっぱり今日になって、これは駄目だと言ってやったんです。おめえ、贔屓がついて、ちっとうぬぼれたんじゃねえかと。食いもの屋ってえのは、ちっとでも気を抜くと、すぐに味は格段に落ちるものなんだと。こんこんと説教してやったんです」

「それはほんとのことだよ」

と、銀蔵は言った。本当に食いもの屋というのは、ほんのわずかな手抜きでも、味を格段に落としてしまうものなのだ。

「でしょう？　それなのに、野郎は忠告した人間にこれですよ」

男の顔は、ますます腫《は》れてきた。もしも止めに入っていなかったら、殺されていたかもしれない。波助は厳しく咎《とが》めてやるべきだろう。

銀蔵は顔を冷やすのに、店にあった濡《ぬ》れ手ぬぐいを取ってきて、男に渡した。

「ただね親分、あいつの店がけっこう繁盛していたってこと自体が不思議なんですよ。なんせ、子どものころから、あんな馬鹿は少なくともここ三十年、うちの町内から出てないってくらいでしたから」

「どんな馬鹿なんだ？」

「あいつのおやじは漁師で、おかみさんは小さい魚屋をしてたんだけど、あれは子どものころから釣りが駄目でね」

「釣りが駄目？」

「魚のかかるのを待つのができねえんですよ。イライラしてきて。網打ちを覚えればいいんだけど、投網《とあみ》のコツが摑《つか》めねえ」

「それじゃ、漁師はやれねえだろう」

「素潜りで、ヤスで突く。これはうまいんです。潜っては、ヤスで突く。大きいも小せえもねえ。目の前を通る魚は突く。サメを突いて、格闘になったこともあるくらいです」

「ああ、その話は聞いたことがあるよ。そうか、あいつの話だったんだ」

「しかも、目の前の生きものを見ると、突くもんだと思って、陸に上がって来ると、犬だの猫まで突くんです。それで怒られると、なんで魚は突いてもよくて、犬や猫は駄目なんだと？」

「犬や猫は食うもんじゃねえだろう」

「それが、野郎はどっちも食ってたみたいなんです」

「うげっ」

　と、後ろで十四郎が、吐きそうな声を出した。

「まあ、十三、四くらいになると、さすがに犬や猫は突かなくなりましたが、あんな馬鹿はいねえと、近所で評判になりました」

「そらあ、なるわな」

「そういうやつだから、漁師より、魚屋をさせることにしたんですが、魚の名前を覚えねえ。覚えられねえというか、魚は魚だろうと、覚える気もねえみたいでした。そのかわり、魚の皮を剝ぐのはうまくてね。もう、スイスイ剝《む》いちまうんです」

「だいぶ変わってるな」

「そんな野郎だから、あれのおやじが亡くなる前に、波助は漁師や魚屋より、すし屋が向いてるかもしれねえと」

「それですし屋になったのかよ」

　銀蔵は呆《あき》れて言った。すし屋もずいぶん舐《な》められたものである。

「でも親分、波助寿司は不思議に評判がよかったんですよ」

「そうなのか」

「ええ。ここのすしがうまいって、常連もできてきてましてね。あんな馬鹿でも、やれることはあったんだと、いまは神田《かんだ》のほうにいる、あいつの弟なんかも大喜びしてたんです」

「このすし屋がねえ」

銀蔵は、店に入って、なかを見回した。すしがうまいかどうかは、店構えや部屋の掃除のようす、調理場の佇《たたず》まいなどを見ると、だいたいわかる。その勘は滅多に外れない。

「あんまりうまそうじゃないな、銀蔵?」

十四郎が訊《き》いた。

「客席を見る限りは、たいしてうまそうには見えませんね」

調理場に足を向けると、

「おっと」

銀蔵は目を瞠《みは》った。奥でしょんぼりしている婆さんがいたのだ。

「婆さん、大丈夫か?」

「へえ」

と、こっちを向いた顔を見ると、なんとあの、天狗《てんぐ》にさらわれたおさだ婆さんではないか。

「おい、あんた、おさだじゃねえか」

「ああ、これは親分さんに、同心さま」

おさだは恐縮したように頭を下げた。

「なんで、おめえがここにいるんだ？」

と、銀蔵は訊いた。

「あたしはここで毎日、飯炊きをしていたんですよ」

「ここで？　それじゃあ、天狗にさらわれたってえ場所は？」

「そっちの通りです。ここの仕事が終わって、暮れ六つ（午後六時）過ぎに外へ出て、しばらく行ってからのことでした」

「そうだったのかい」

「でも、あの波助さんがお縄になっちまったら、あたしゃ、また別の奉公先を探さなくちゃなりませんよ。天狗さまに、奉公先を探してもらいたいくらいです」

おさだは、がっかりして言った。

八

顔がふくれてきた欣之助を家に帰してから、

「でも、おめえ、あの波助に雇われていたんじゃ大変だったろう？」

と、銀蔵はおさだに訊いた。

「いいえ、あたしなんかには乱暴なことはしませんよ。逆に、いろいろ手厚くしてくれましたです、はい」

「そうなのか？」

「皆が馬鹿だ馬鹿だとけなし過ぎるからよくないんですよ。ああいう人は、褒めてあげれば、どんどんまともになるんですから」

「すしの腕も褒めてやったんだ？」

「そりゃあね」

確かにそうなのだ。銀蔵もせがれ二人をすし職人として仕込むのには、いろいろ考えることはあったが、褒めてやったほうが一生懸命になるし、腕も上がるのだ。

「飯炊きだけか。してやっていたのは？」

「いえ、ほかに洗濯なんかも」

「まさか、すしの手伝いはしてねえよな？」

「いえ、してました」

「まさか、あんたが握ってたのか？」

「いいえ、すしは握りませんよ。でも、握る前の酢飯にするまでやってました」

「そうなのか！」

銀蔵は、十四郎を見た。

「旦那《だんな》」

「ん？」

「もしかして、この波助寿司がうまかったのは、このおさだがつくっていた酢飯のせいかもしれませんよ」

「そうなのか？」

「すしってえのは、ネタの良し悪しがわかるのは、かなり舌も肥えた連中なんです。でも、飯さえうまければ、ネタはそうたいしたことなくても、けっこううまく食えるものなんですよ。ほら、この前、ポワンも飯がうまいと言ってましたでしょ」

「ああ、言ってたな」

「なあ、おさだ。あんた、波助があんなに暴れていなかったら、いまごろ酢飯をつくり始めていたんじゃないのかい?」

と、銀蔵は訊いた。

「そうなんですよ」

「だったら、ちっと、その手順をおれたちに見せてくれねえか?」

「それはもちろんかまいませんよ。じゃあ、始めますんで」

と、おさだは毎日やっている酢飯づくりに取りかかった。まずは、飯を炊くことから始めなくちゃならない。

銀蔵と十四郎は、ちょっと離れたところに座って、おさだの仕事を眺めた。

「いま、ここの米を見ましたけどね、いい米、使ってますよ」

銀蔵は言った。

「ほお、そんなに上等な米なのか?」

「いえ、すしの飯の良し悪しは、ふつうに食う飯とはちょっと違うんです。あっしは、お殿さまなどが召し上がる米は、大粒の米を台所の女中が一粒ずつ選別するくらいだとかいう話を聞いたことがありますが、すしの酢飯にするには、逆に小粒のほうがいいんです」

「そうなのか？」

「それで硬めの脂がのったやつです」

「米にそんなに違いがあるのか？」

「あるんです。だいたい、温暖な気候の平らな土地で、いい水をたっぷり入れて育てた米というのは、ふつうに炊いて、熱々で食うのにはうまいんです。ところが、こういう米は、冷めると味が落ちてしまいます。すしに向いてるのは、寒暖の差が激しい山間の田んぼで採れるような米がいいんです。これだと、人肌くらいに冷ましても、旨みも風味も落ちません」

「へえ」

「新米がうまいってことも、よく言いますよね。でも、すしは違うんです」

「新米も駄目なのか？」

「新米ってのはべたつくんです。すっと摑《つか》んだとき、飯が重くなるんです」

「重いって、そんなのわかるのかい？」

「わかりますとも」

「一貫を握るくらいの飯が重い？」

「ええ。それが、職人てえものなんです」

「だから、あっしはすしの酢飯は、古米か古古米を使ってました」

「凄《すご》いな」

「そうだったんだ」

「もちろん炊き方にもコツはあります」

そう言って、銀蔵はおさだの仕事のようすを指差した。

「ほら、おさだは釜《かま》の蓋《ふた》に大きな石を載せてるでしょ」

「ああ、あれじゃ、ぐつぐつ吹きこぼれたりしなくなるんじゃねえのか？」

「あれがいいんです。なかで湯気が逃げないので、飯の炊き上がりがいいんです。銀寿司もああやって炊いてるんですよ」

「そうなのか」

飯が炊き上がり、おさだはこれをすし桶《おけ》に移し、酢と塩、それに砂糖を加え、団扇《うちわ》で扇《あお》ぎながら、飯を混ぜ始めた。

「あっしらは、あれをシャリ切りと言うんですが、婆さんの手つきはなかなかたいしたもんですよ」

それからしばらくして、

「できましたけど」

と、婆さんは自慢げに言った。

「どれ、じゃあ、味見させてもらうか」

銀蔵はそう言って、さっと握って、調理場にあった煮ハマグリを載せ、

「十四郎さん、どうぞ」

と、差し出した。

その手つきに、おさだは、

「まあ、親分さん。お上手ですこと」

と、驚いた。

つづいて銀蔵も自分で握ったすしを、口に放り込み、二、三度嚙《か》むと、

「やっぱりね」

すぐにそう言った。

「ん？」

十四郎はさらに嚙みしめている。なかなか褒め言葉は出て来ない。

「どうです？」

「うーん。それほどでもないぞ」

「でしょう。塩けも強いし、甘味も強過ぎるんですよ。飯を炊き上げるまではよか

ったんですけどねえ」

と、銀蔵は不安そうにしているおさだを見て、

「あ、旦那、もしかして……」

「どうした？」

「天狗《てんぐ》がおさだをさらって、ごちそう責めにしたのは、おさだの舌をおかしくするためにやったのかもしれませんよ。甘いのと、しょっぱいのばかりをたらふく食べさせて、舌をおかしくしたんです。それで、さっきの欣之助も、十日前と比べて急に味が落ちたと言ってたじゃないですか！」

九

やはり、天狗に連れ去られたというおさだの話は、きちんと調べたほうがいいかもしれないと、銀蔵と十四郎の意見が一致し、おさだに付き合ってもらい、足取りを確かめることにした。

まずは店を出るとすぐ、

「あたしは、店を出ると、いつもこのへっつい河岸沿いに、浜町河岸のほうに向か

うんです。それで、いまどきは川風が気持ちいいので、堀沿いに行くんですが、あの晩は、堀まで行ってなかったですね。その手前あたりで、ふうっと袋みたいなものをかぶされたんです」

と、おさだは言った。

「叫んだりはしなかったのか？」

十四郎が訊《き》いた。

「天狗だと言われて、これはもう逆らっても無駄だなと思ったんです。それに、天狗の声が、意外にやさしげだったたんですよ」

「ふうむ。すると、このあたりってことだな」

十四郎はへっつい河岸に立ち、周囲を見回した。

「それから、背負われたのか、抱き上げられたのかはわからないんですが、しばらくはゆらゆらと揺られていました」

「どれくらいのあいだだ？」

「さあ。長かったような気もするし、あっという間だったような気もするし、それはちょっとわかりませんねえ」

おさだは首をかしげた。

「それでどうした？」

「その晩は、腹が減ってるだろう、これが晩飯だと、大きな饅頭《まんじゅう》を三つに、漬け物とお茶を出してくれたんです。あたしはそれほど腹は減ってなかったんですが、食べ出したら、もう、うまくてねえ。結局、お腹いっぱいになって寝てしまい、明るくなって目を覚ましたんです。それで、光が入る窓から外をのぞいたら、そこは山小屋で、あたり一面の杉林でしょう。いったい、どんな山奥に来たのかと、びっくりしました」

「それで、五日もそこにいたのか？」

「はい」

「なんと言うか、下のほうはどうしたんだ？」

十四郎は嫌な顔をして訊いた。

「それは、肥桶《こえおけ》を入れてくれてたんで、それに……」

「わかった、わかった。もう、言わなくていい。そのほかに、三度の飯か？」

「三度どころか、いま思うと、おやつまで出してもらっていました」

「よし、わかった」

十四郎は、周囲を見ながら歩き出し、

「銀蔵。おいらは、おさだは山のなかになんか行ってないと思うぞ。それどころか、たいして腹も空《す》かないうちに、山についたと言うから、意外にすぐ近くに監禁されたのだと思うぜ」

おさだには聞こえないよう、十四郎は小声で言った。

「まったく、同感です」

と、銀蔵はうなずいた。

「ただ、杉林が見えたというのは本当だろう。ここらに、杉林なんかあったかな？」

「それなんですよ。お城の周囲に、松はけっこう植わってますけどね」

「おい、おさだ。あんた、杉と松の区別はつくよな？」

と、十四郎は少し離れたところにいるおさだに訊いた。

「あたしは葛飾の百姓ですよ、同心さま。それは、犬と猫の区別がつくかと訊いているようなもんでしょうが」

「だよな」

と、苦笑してから、

「おい、銀蔵。もしかして、神社の境内か？」

「ああ、神社の境内は杉がありますね」

「杉森稲荷《すぎもりいなり》はどうだ？　杉森というくらいだから、杉の木はいっぱい植わっているんじゃないのか？」

「そういえば、ありましたね」

杉森稲荷なら、ここからも近い。せいぜい四、五町（五〇〇メートル前後）ほどしか離れていない。

行ってみると、境内の敷地は五百坪だが、本殿だの神主の家だの祠《ほこら》だのも建っているから、杉の数は十本程度である。ただ、火事でも焼け残ったらしく、どう見ても樹齢数百年という杉の木も、三本ほどはある。

「どうだ、おさだ？　この景色じゃなかったか？」

と、十四郎は訊いた。

「違いますね、旦那《だんな》。こんなパラパラした杉林じゃなかったです。もう、見渡す限り、こぉーんな高い杉の森でしたから。夜なんか、ミミズクだのフクロウだのが、ばさばさ飛び交っていましたよ」

「そうか」

と、次は三光《さんこう》稲荷に行ってみるが、杉はおろか、樹木はほとんどない。

「やっぱり、ここらじゃねえのか。上野《うえの》の山あたりまで連れて行かれたのかな？」

「いや、旦那。もういっぺん、さっきのところにもどりましょう。思い当たることがあるんです」

と、銀蔵たちはもう一度、へっつい河岸にやってきた。

「ほら、旦那。あそこ」

銀蔵が指差したのは、へっつい河岸の堀を挟んだところにある上総《かずさ》鶴牧《つるまき》藩の下屋敷だった。

「そこはおめえ、塀があるだろうよ」

「塀はありますが、屋根裏部屋の、上の窓あたりからのぞいたら、塀は見えず、その上の木だけしか見えないかもしれませんぜ。ほら、あのあたり。あすこらは、杉林になってるじゃありませんか」

「確かにそうだな」

銀蔵は、その塀の向こうの杉の林を見ながら、できるだけ近くに見えるところを探して歩みを進めた。すると、

「あ、旦那、この家を見てください」

河岸沿いにある二階建ての家を指差した。

「空き家みたいだがな」

「でも、あの上のほうを見てください。高いところに窓があるでしょう。あれは、屋根裏部屋の高窓じゃねえですか？」

「ああ、そうだな」

「よう、おさだ。あんた、山小屋から外を見るときは、どうやって見た？　窓は高いところにあったんじゃねえのか？」

「その通りです。こんな上にあったんで、あたしは格子を摑《つか》みながら、背伸びしてのぞいていたんです」

「ほらね」

と、銀蔵は嬉《うれ》しそうに言った。

隣の傘屋で訊《たず》ねると、大家は室町《むろまち》のほうにいて滅多に来ないが、ただ、近ごろ、ここを借りてるのがいるという。

「どんなやつだ？」

と、十四郎は訊《き》いた。

「どうも、兄弟で借りているみたいです。しかも、見たことがあるので、元々、このあたりのやつらじゃないですかね」

これを聞いて、

「旦那、あっしが見張ります。そのうち、やって来ますよ」

と、銀蔵がそう言ったとき、

「あ、あいつらかあ？」

十四郎が素っ頓狂《とんきょう》な声を上げた。

見れば、こっちに兄弟らしき男二人が近づいて来る。

「あいつらがなにか？」

「ほら、この前、銀寿司に来て、おめえんとこのすしのことを、あれこれ言っていた二人組だよ」

「あいつらですか」

あのとき、銀蔵は顔を見ていなかったのだ。

「そうか。それで、すべてつながりますよ。あいつらは、ここですし屋を開くつもりです。ところが、半町ほど向こうで、波助寿司が流行《はや》っている。それだと、自分たちのすし屋を繁盛させるのは難しいかもしれねえ。そこで、いろいろ調べると、波助寿司がうまいのは、おさだがつくる酢飯がうまいからだとわかった。それで、おさだをさらい、舌をおかしくさせたってわけです」

「なるほどな」

十四郎と銀蔵は、おさだにここで待つように言い、ちょうど戸を開けて、軒下の寸法を測り始めた兄弟に近づき、

「おい、おめえら」

銀蔵が十手を見せながら、声をかけた。十四郎は逃亡を防ぐように、さりげなく二人の後ろに回っている。

「なんでしょう？」

「おめえら、名前はなんていうんだ？」

「あっしは亀太《かめた》で、こいつは弟の亀次《かめじ》ですが」

「亀太に亀次か。天狗《てんぐ》の兄弟じゃねえのか？」

「天狗……？」

兄弟は、不安げに顔を見合わせた。

「お前たちは、天狗といつわって、波助寿司のおさだをかどわかしただろう？」

「かどわかした？」

「ほら、あそこにいる婆さんの顔を、知らねえとは言わせないぜ」

銀蔵が十手の先で、十間（十八メートル）ほど向こうのおさだを示すと、

「あーあ」

亀太は観念したような声を上げた。

「帰るところを狙っておさだをさらい、この家の上に監禁しただろうが。かどわかしに監禁。罪は軽くはねえな」

と、銀蔵は脅した。

「そんなあ。あっしらは、おさだにうまいものを食べさせただけですよ」

「それは、波助のすし屋が、おさだのつくる酢飯でうまくなってるのに気づき、おさだの舌をおかしくさせるためだったんだろうが」

「………………」

「そのためのかどわかしだし、監禁だったんじゃねえのか？」

銀蔵の問いに、兄弟は顔を見合わせ、

「あっしらがしたことは、牢屋《ろうや》に入れられるほどのことだったんでしょうか？」

と、神妙な顔で亀太が訊いた。

「そこは、そちらの谷崎さまに訊くことだな」

銀蔵は十四郎を見て言った。

十四郎は、十手で首を叩《たた》きながら、どうしようか迷っているような顔をした。こういうときは、なかなかの役者だと、銀蔵は感心する。

「同心さま、親分さん。あっしらの言い分も聞いてくださいよ」

亀太は手を合わせながら言った。

「言い分だと？」

「これからあっしらがすし屋をやるのに、流行っている波助寿司が邪魔だってことは確かなんですが、それだけじゃねえんですよ」

「ほかになにがあるんだ？」

と、銀蔵は訊いた。

「あたしら兄弟が、子どものときから、あの波助にどれだけ苛《いじ》められたか。あっしなんか、あいつにつけられた傷が、ここも、ここも、この火傷《やけど》の痕だって、波助に燃えてる薪をおっつけられた痕ですよ」

亀太が腕まくりして見せると、なるほど傷や火傷の痕がある。

「ひどいな」

「あたしのほうも」

と、亀次も胸元をはだけさせ、

「これも、これも、このかぎ裂きの傷は、釘《くぎ》で引っかかれた痕なんですから」

「なんて野郎だ」

「どうせ、あいつのことだから、あたしらがすし屋を開こうものなら、きっといちゃもんをつけに来るに決まってるんです。のれんを奪い、柱の一本くらいは引き抜いて行くかもしれません」

確かにあの波助なら、やっても不思議はない。

「だから、すし屋をやる前に、波助のすし屋をつぶさなきゃ駄目だと……」

亀太は泣きそうな声で言った。

「そりゃあ、無理もねえか」

そう言って銀蔵が十四郎を見ると、

「よくわかった。波助は町方のおいらを突き飛ばしたりしたくらいだから、ひと月ほどは牢《ろう》にぶち込むことにする。それで、牢から出たあと、どうせすし屋はやっていけっこねえが、お前たち兄弟の商売の邪魔をしたりしたら、次は江戸所払いだぞと、脅しておくよ」

と、なかなか乙なことを言ったのだった。

十

それから十四郎と銀蔵は、茅場町《かやばちょう》の大番屋の牢にぶち込んだ波助のところに行き、しばらく説教を垂れ、牢から出ても幼なじみの亀太と亀次の商売を邪魔したりしないことも誓わせた。波助は、ガキのころから暴れん坊だったわりには、縄を打たれるのも、牢に入れられるのも初めてだったそうで、すっかり神妙になって、反省もひとしきりだった。

ちょうど日も暮れたので、銀蔵は大番屋のところで十四郎と別れ、小網町一丁目の銀寿司までもどって来た。今日も、おけいのところで軽く一杯やり、晩飯も済ませるつもりである。岡っ引きの一日は、すし屋の大将より忙しく、疲労の度合いも濃いものだった。

ところが、銀寿司の前に男女の人影があった。男は、夜目にも目立つほどの長身だが、女に支えられるようにして立っている。

——谷崎の旦那《だんな》か……。

銀蔵はドキリとした。具合の悪い谷崎が、日が暮れてから、ご新造に助けられながら銀蔵を訪ねてくるとは、いったいなにがあったのか。まさか、遺言でも遺《のこ》すために来たのか。遺言なら、どうせ十四郎を頼むといったあたりだろう。

「谷崎さまですかい？」

銀蔵は恐る恐る声をかけた。

振り向いた谷崎は、

「おう、銀蔵。待ってたんだ」

「そうでしたか。どうぞ、なかへ」

「いや、ここでいいんだ」

「へえ？」

「じつはな、おめえが十四郎に言ってくれた七沢ってところの親類の話だけどな」

「はい」

「おいらは行こうと思うんだ」

「えっ」

「ここにいてもどうにもならねえ。せいぜい、ひと月持つかといったところだろう。おいらも江戸患いが田舎に行ったら治ったという話は聞いたことがあるんだ」

「はい」

「こいつもいっしょに行ってくれるというから、さっそく連絡を取ってみてくれねえか」

「わかりました。明日《あした》にでも、使いを出しますよ」

「そうか。恩に着るぜ」

そう言って、谷崎十三郎は、ご新造に手を添えられつつ、八丁堀《はっちょうぼり》のほうへといなくなった。

後ろ姿を見送った銀蔵は、しばらく啞然《あぜん》となっていた。まさか谷崎が、あの申し出を受けるとは、じつはまったく予期していなかったのである。谷崎なら、この江戸が離れ難く、江戸の地で死にたいだろうと、完全にそう思っていた。

——あの谷崎さまがねえ。

これには十四郎も驚いたのではないか。いや、さっき別れたばかりだから、十四郎はまだ、おやじの決意を知らないに違いない。

それから銀蔵は、谷崎が生きようと思ってくれたことに、じわじわと嬉《うれ》しくなり、微笑みながら、おけいの店へと入って行ったのだった。

第二話　マグロの牡牝《おすめす》がわかる男

一

「おやじ、おやじ」

枕元で呼ぶ声がしている。

変な夢を見ていた。相撲取りが五人くらいで、すしを食いに来ていて、握っても握っても、たちまちなくなってしまう。「まどろっこしいので、これくらいのすしを握ってくれ」と両手で大きさを示され、「そんな枕みたいなすしは握れませんよ」と言うと、「だったら、わしらとガチンコ勝負だ」などと言い出して、銀蔵は無理やりまわしをつけさせられ、土俵に上げられたところで目が覚めた。

「あっしは相撲のほうはちっと……」

「なに寝惚《ねぼ》けてんだい。おれだよ、おれ」

「なんだ、銀太《ぎんた》か。どうした？」

「河岸の若い衆が、おやじさんに来てもらえねえかと言ってるんだよ」

「おれに？　いま、何時だよ」

「明け六つにまだ半刻《はんとき》（およそ一時間）ばかりありそうだ」

「なんなんだ？」

「どうも殺しらしいよ」

「なんてこった」

下に降りると、見覚えのある若い衆がいた。

「すみません、親分。長浜町《ながはまちょう》の裏道で、人が殺されまして。町役人が銀寿司の親分を呼んできたほうがいいと言うもんで」

「奉行所には？」

「ええ。別の者が行きました」

「そうか。ちっと待ってくれ」

銀蔵が十手の支度などしていると、騒ぎを聞いた銀太の女房のおふみが起きてきて、家を出ようというときには切り火を打ってくれた。

「すみません。こんな早くに」

若い衆は歩きながら詫《わ》びた。

「なあに、よく報《しら》せてくれたぜ」

調べにかかるのは、早いほどいい。手がかりは、時を追うごとに薄くなり、遠ざかる。殺しだと、足跡が消えたり、野良犬に食いつかれて死因が判断しにくくなったり、ひどいときは野次馬が遺体の身ぐるみを剥《は》いだりすることだってある。

遺体が見つかったという長浜町は、魚河岸《うおがし》のすぐ裏手にある町である。もちろん、魚河岸で働く者も多く住んでいる。

銀寿司のある小網町一丁目から、荒布橋を渡った。

魚河岸ではもう、人の声がしている。すでに競りの支度が進められ、夜釣りの舟はもどりつつあった。「日銭千両」と言われる魚河岸の、今日の商いはもう始まっているのだ。銀蔵が振り返って東の空を見ると、家並みの縁《へり》が、薄青く染まり出していた。

「こっちです」

若い衆は提灯《ちょうちん》を差し出すようにしながら案内していく。

「そこを曲がったところです」

裏道に入るとすぐ、御用提灯が三つほど揺れていて、長浜町だけでなく、本小田原町《ほんおだわらちょう》の番屋の者も駆けつけて来たらしかった。

「これは、親分。朝早く、畏《おそ》れ入ります」

顔なじみの長浜町の町役人が言った。

遺体は、用水桶《ようすいおけ》の裏に転がっていた。

「そっちに住んでいる漁師が、夜釣りからもどって見つけたんです。疲れてるので眠らせてくれというので帰しましたが、あたしの知っている男ですので」

と、町役人が手早く発見時の事情を説明した。

かけてあった筵《むしろ》をめくると、

「うえっ。ひでえな、これは」

銀蔵も思わず顔をしかめた。腹から胸をメッタ刺しである。ほとんど即死だし、やったほうもかなり返り血を浴びたに違いない。

「顔をよく見せてくれ」

番太郎に提灯を向けてもらう。

「河岸の者ですかね？」

町役人が訊《き》いた。

「たぶんな……」

銀蔵は見覚えがある。

「こいつは、マグロだのカツオだの外海の魚をおもに扱う卸の浜五郎《はまごろう》ってやつだろう」

「ははあ」

卸だが、銀寿司は取引はない。

近ごろ、マグロなど外海の大魚の人気が高まっていて、扱う店も増えている。なにせ、かつての下魚のマグロは、いまでは欠かせないすしネタになりつつあるのだ。

浜五郎のところは、この流行《はやり》に乗っかって出てきた新興の卸だった。

マグロやカツオには、ずいぶん同じような目に遭わせてきたのだろうが、まさか自分も似たようなことになるとは、予想していなかっただろう。

「店に出る途中にでもやられたのかな」

「店はどのあたりなんで？」

「地引河岸《じびきがし》の前あたりだったな」

魚河岸は、日本橋から江戸橋にかけて、芝《しば》河岸、中《なか》河岸、地引河岸などに分かれている。

「あすこらですか」

「けっこう流行《はや》っているようだったな」

銀蔵はそう言いながら、懐を探った。巾着《きんちゃく》や煙草入れなど、金目のものはなくなっている。

「騒ぎ声を聞いたのは?」

「うちの番屋には聞こえてこなかったですね」

番屋はここからそう遠くない。声を上げられないうちに、何度も刺したのだろう。

血だまりから推測しても、この場で刺し、用水桶の裏に押し倒すようにしたのだ。

地面を見ると、激しく争ったような跡はあるが、はっきりした足跡はない。

あたりはいつの間にか、ずいぶん明るくなっている。東の空にはお天道さまが頭をのぞかせていた。

やがて、谷崎十四郎が駆けつけて来た。髷《まげ》は寝ぐせがついたままで、役宅に報せが行き、そこからまっすぐ来たのだろう。

「殺しだって?」

息を切らしながら、十四郎は銀蔵に訊いた。

「それです」

十四郎はしゃがんで筵をめくったが、

「うわっ」

あまりの惨《むご》たらしさに、思わず袂《たもと》で口を押さえた。さっきは出ていなかった腸が、飛び出していて、しかもごにょごにょと蠢《うごめ》いてさえいる。

「生きてるのか？」

「いや、死んでますよ。死んでしばらくすると身体が硬直してくるので、押し出されるみたいになっているんでしょう」

さらに四半刻（およそ三十分）ほど遅れて、検死役の市川一勘《いちかわいちかん》が、眠そうな目でやって来た。

「凶器は包丁か、ドスか。それにしても、こんなに刺すかね」

市川はうんざりしたように言った。

二

現場の処理を市川や町役人たちに頼み、銀蔵は十四郎とともに、浜五郎の店がある地引河岸に向かった。あるじがあのざまじゃ、店は開いているわけがない。

銀蔵は、やはり地引河岸で、マグロなどの大魚を扱う喜之助《きのすけ》という知り合いに、

「あんた、浜五郎は知ってるよな？」

と、声をかけた。銀寿司も、ときおりここで仕入れたりする。

「ええ。知ってますが」

「いくつくらいだった？」

「三十前後でしょう」

「いつから、ここに来た？」

「半年ほど前ですよ」

「その前は？」

「上総湊《かずさみなと》のほうで、漁師をしてたんです。でも、日本橋で店を持ちたいってんで、株仲間《かぶなかま》のこともどうにかしたみたいですね。漁師上がりにしては口も回ったし、マグロやカツオのこともよく知ってましたよ」

「あんたんとこも客を取られたりしてたかい？」

「あっしのとこは、代々のお得意さまがいるんでね。銀寿司さんみたいな」

喜之助はそう言って、ニタニタと笑った。

「そうだよな」

「浜五郎がどうかしたので？」

「殺されたよ」

「えっ。銀蔵親分、まさか、あっしをお疑いで？」

「まさかとは思うが、いちおう。浜五郎は恨みを買ってたみたいなんだよ」

「恨みねえ」

「あんたは恨んじゃいなかったと」

「多少、鬱陶《うっとう》しいと思うところはありましたが、殺すまではね」

「ほかに誰か恨んでたのはいねえか？」

「さあねえ」

しばらく考えたが、思い当たるようなことはないらしい。

「浜五郎の家はわかるかい？」

「確か伊勢町《いせちょう》だと言ってましたよ」

喜之助に礼を言い、十四郎とともに伊勢町に向かった。ここらは、魚河岸《うおがし》にも近いが、表通りは瀬戸物屋が多い。

番屋で訊くと、浜五郎の住まいはすぐにわかった。裏店《うらだな》の、ごく小さな長屋である。

人の気配がしていたので、

「いるのかい？」

銀蔵が声をかけると、

「はい」

と、女の声がした。

腰高障子を開け、

「ここは、浜五郎の家だよな？」

銀蔵は、ちらりと十手を見せた。

十四郎は、戸口の上を見て、頭をぶつけるのは嫌だというように、なかには入らず、壁に寄りかかるようにした。

「ええ、そうですよ。浜五郎はいませんけど」

女はなにをするでもなく、足を投げ出した恰好《かっこう》で座っていた。さっきまで煙草を吸っていたらしく、いかにも安っぽい枯草を燻《いぶ》ったような匂いが漂っている。

「あんたは、かみさんかい？」

と、銀蔵は訊《き》いた。

「違うんですよ」

「かみさんでもねえのに、なんで、ここにいるんだ？」

「いっしょには暮らしているんですよ。それで、あたしは浜さんに、ずうっと女房にしてくれと頼んでるんですが、してくれないんです。商売が軌道に乗るまでは駄目だって。でも、軌道に乗ったら、あたしを捨てて、若い女房でももらうつもりに決まってます。親分さんからも、なんとか言ってやってくださいよ。女のことは、ちゃんとしないと駄目だって」

女は馴《な》れ馴れしい、甘えるような口調で言った。ずいぶん客相手の商売をしてきたらしい。

「可哀そうだが、あんたは、もう、おかみさんにはなれねえよ」

「え？」

「浜五郎は殺されちまった」

「殺された……？　嘘ですよね？」

女の声がかすれた。

「嘘じゃねえ。もうじき、ここに遺体を運ばせるよ」

「そうなんですか。だったら、片付けないと駄目ですね」

と、家のなかを見回した。

「あんた、名前は？」

と、十四郎が訊いた。

「おくめといいます」

「おくめは、いつから浜五郎といっしょにいるんだ？」

「半年くらい前からです」

「その前は、なにしてたんだい？」

「深川《ふかがわ》の八幡《はちまん》さま近くの矢場にいました」

おくめがそう言うと、銀蔵の後ろから、

「なんだよ、矢場で働いていたのか？」

と、十四郎が訊いた。

「ええ、そうですけど」

「あんまり清らかな商売とは言えないよなあ」

十四郎は、独り言みたいにつぶやいた。じっさい、盛り場の矢場は、あまり風紀のいいものではなく、矢を拾う役の女は、ときおり、的の裏の小部屋だの、二階の部屋などに、客といっしょに消えたりするところなのだ。

「悪かったですね。清らかな商売じゃなくて。旦那《だんな》はさぞかし、おきれいなところでしか遊ばないんでしょうね」

「矢場でも遊びたいけど、そんなにこづかいをもらえないのさ」

十四郎が正直なことを言うと、おくめは、

「ふん」

と、鼻で笑った。

「昨夜はずっとここにいたのか？」

十四郎が訊いた。

「はい。寝てましたけど」

「ふうん」

十四郎は、腕組みをして黙り込んだので、

「浜五郎が誰かと喧嘩《けんか》したとか、恨みを持たれてるとか、そういう話を聞いたことはなかったかい？」

と、銀蔵が訊いた。

「ないですね」

「そうか。じゃあ、あとはここの町役人などとも相談してくれ」

そう言って、銀蔵は外へ出た。

三

十四郎があとから、なんとなくまだ訊きたいことがありそうな顔でついて来たので、路地を抜けると、

「あのおくめが臭いとお思いですか？」

と、銀蔵は訊いた。

「ああ。あの女、涙一つみせなかったぜ」

「そうでしたね」

「女房にしてくれない不満がつのって……」

「おくめがやったと？」

「あの傷は、女には無理かもしれねえが、誰かに頼んだってことも考えられるぜ」

それはあり得るのだが、

「殺しの依頼は金がかかりますぜ」

と、銀蔵は言った。

「兄貴か弟がいたら？」

「調べますか？」

「ああ」

「その前に一つ、浜五郎がよく魚を卸していたところを当たりたいんですが」

「かまわねえよ」

大通りを横切り、品川町《しながわちょう》の通りに入った。

「そこなんですがね」

指差した店ののれんには、〈う寿司〉と書いてある。

「変わった屋号だな」

「うは、うなぎのうなんですよ」

「うなぎ？」

「魚屋からすし屋ってのは、まあ、珍しくないんですが、う寿司のあるじの茂平《もへい》ってのは、うなぎ職人からすし屋になったんです。いい、うなぎ職人だったんですがね」

「なんで、また？」

「なんでも、うなぎのタレの甘ったるい匂いが、あるときから鼻に突くようになったそうなんです。それで、うなぎより好きだったすし屋に鞍替《くらが》えしたってわけで」

「そんなすし屋、うまいのか?」

「まあ、うなぎでもなんでも一流の職人というのは、手順を大事にすることを知ってますので、ちゃんとうまいすしを食わせてくれますよ」

う寿司はまだ店を開けていないが、物音がしている。これから、ネタの仕込みに、魚河岸《うおがし》に行くのだろう。

「おい、とっつぁん」

銀蔵が戸を開けて呼んだ。

店のなかは、なんとなくうなぎ屋だったときの面影が残っている。天井が煤《すす》けていて、すし屋はこんなふうにはならない。

「おや、銀蔵親分」

現われた茂平は、銀蔵よりは四、五歳は、歳がいってそうである。

「おめえんとこは、浜五郎んとこから、マグロを仕入れていたよな?」

「おう、仕入れてるよ。銀寿司でも仕入れたくなったのか?」

「そうじゃねえ。浜五郎が殺されちまったのさ」

「殺された? なんてこった」

「今日も仕入れに行くつもりだったのかい?」

「ああ。となると、ほかから仕入れねえとな」

「それで、どうも恨みでもありそうな、ひでえ殺しっぷりでな。とっつぁんなら、なにか知ってるかと思ったのさ」

茂平はおしゃべり好きで、仕入れのときも、なんやかやと話はしていたはずなのだ。

「恨みねえ。商売相手にはいねえと思うぜ。わりといいマグロを扱ってたし、目利きでもあったし。ちっと調子のいいところはあったけど、真面目なやつだったぜ」

「前は上総湊で漁師をしてたんだってな」

「そうらしいね。クジラを追っかけてたときもあると言ってたな」

「クジラを？」

すしにできないかと、銀蔵はいろいろ試したことがあるが、結局、諦《あきら》めたのだった。

「クジラってのは賢いらしいね」

「ほう」

「なんか、仲間同士でしゃべったりするらしいぜ」

「ほんとかよ」

「それでな。浜五郎が止《とど》めの銛《もり》を打つとき、クジラと目が合ったことがあるんだと。なんとも言えねえ目で見られたと言ってたよ。しかも、その周りを仔《こ》クジラがぐるぐる回ってたって」

「なんだか、つらい話だな」

「仔クジラが親の仇《かたき》で浜五郎をやったってことは？」

「かもな」

銀蔵は、軽くあしらった。

「まあ、銀蔵さんに言うこっちゃねえが、マグロってのは部位によって、味はずいぶん違うよな」

「そうだな」

「野郎は、食えば、どのあたりの切り身か当てられたからな」

「まあ、当てるだろうな」

銀蔵も、それくらいは自信がある。

「それだけじゃないぜ。食っただけで、牡牝《おすめす》の違いがわかると言ってたから」

「味で牡牝が？」

それは銀蔵にもできない。というか、信じられない。

「そういえば、一昨日《おととい》だったか、変なことを言ってたな」

「なんて？」

「マグロの牡牝なんかわかると、面倒臭えことに巻き込まれると」

「面倒臭えこと？」

銀蔵は、後ろにいた十四郎を見た。

十四郎はポカンとしていたが、銀蔵にはやけに気になる話だった。

四

この日はずっと、魚河岸界隈《かいわい》で浜五郎について訊《き》き込みをつづけたが、たいした収穫は得られなかった。

「疲れましたね」

「疲れたよ」

「おけいのところで、飯でも食って、軽く一杯やりましょうか？」

「いいね」

十四郎も、最初は猪口《ちょこ》一杯で赤くなっていたが、だんだん一合くらいは飲めるようになってきた。ただ、ひそかに窺《うかが》うところでは、酒よりは飯のほうが好きみたいである。

おけいの店ののれんをくぐった。

「ああら、いらっしゃい」

おけいは唄《うた》うように言った。

「これから、ここにくることが多くなるかも」

と、十四郎はおけいに言った。

「そうなんですか？」

「まもなく一人暮らしになるんでね」

「なんで、また？」

おけいの問いに、

「十四郎さんのおやじさんが、江戸患いを治すのに、大山の途中の七沢って田舎で暮らすことになったもんでね」

と、銀蔵が答えた。

「あら、そうだったんですか」

谷崎の依頼を受けてすぐ、銀蔵は魚河岸にいる、やはり親戚《しんせき》の者を早速使いに出

していた。そいつはすぐにもどって来て、

「いつでも来てください。精がつく猪《いのしし》や鹿を仕留めておきますので」

という返事を持って来たのだった。

「支度は進んでるんですか？」

銀蔵は十四郎に訊いた。

「もう、明日《あした》にも出発できそうな勢いだよ」

「ご母堂さまも、十四郎さんのことは気がかりでしょうけどね」

「どうかねえ。飯は外でいくらでも食えるけど、洗濯や掃除は誰か婆さんでも雇ってくれるのかと思ったら、それくらい自分でやれるでしょうだと」

「あっはっは」

「向こうでも、ただで厄介になるわけにはいかないのだから、お前も倹約に協力しないといけませんと、昨夜なんか説教だよ」

「それは大変ですね。あっしが誰か探しましょうか？」

「いや、大丈夫だ。結局、伯母《おば》が暇なので、三日に一回は、洗濯と掃除に来てくれることになったからな。飯のほうは、どうにでもなる」

「それはよかったですね。そうですか、おやじさんはまもなく旅立ちますか」

銀蔵は感慨深げに言った。

「まったく、おいらも驚いたよ。おやじは田舎になんか、ぜったい行かねえと思っていたからな。子どものころから、草っぱらとカエルが大嫌いだったらしいぜ。それが、山んなかに行ったら、草っぱらとカエルのなかで寝るようなもんだろうが」

「わからねえものなんですよ。人の気持ちってえのは」

「ま、こっちは鬼の居ぬ間の洗濯だよ」

と、十四郎は言ったが、いささか粋《いき》がっているふうでもあった。

「じゃあ、これは独り住まいを始めるお祝いで」

おけいが、マグロに山芋を擂《す》ったものをかけた小鉢を、二人に出してくれた。

「おう、おれにまで悪いな」

銀蔵がさっそく口にすると、

「牡牝、わかるかい？」

と、十四郎が銀蔵に訊いた。

「いや、うまい、まずいの違いはわかりますが、それが牡牝の違いなのかどうかはわかりませんね。これは、うまいマグロですがね」

銀蔵はマグロを嚙《か》みしめながら言った。

このやりとりに、

「牡牝って、いったいなんのこと？」

と、おけいが訊いた。

「うん、じつはね」

十四郎が、浜五郎の話をすると、

「へえ。マグロに牡牝があるなんて、考えたこともなかったですね」

おけいは笑った。

「そりゃあ、牡牝がなきゃ、子もできないし」

「それで、銀蔵さんも牡牝はわからないの？」

「腹を裂けばわかるさ。牝は卵、牡には白子があるからね」

「あ、そうか。でも、うちなんか、マグロを丸ごと一尾買ってきたりはしないから」

「それに、卵は年中、あるわけじゃねえ。ちょうどいまごろの牝のマグロに、卵があったりするくらいだ」

「銀蔵さんは、食べたこと、あるの？　卵とか白子とか」

「まあな」

「フグみたいに当たったりはしないんだよね？」

「毒はねえな」

「おいしくないんだ？」

「まずいわけじゃねえ。おれは、うまいと思った。ただ、マグロの卵とか白子とかっていうと、でっかいんじゃねえかと思うよな」

「筋子くらい？」

「いや、塊はけっこうでかいけど、卵の一粒ずつはちっちゃいんだよ。タラコの粒くらいかな」

「そんなちっちゃいんだ」

「しかも、ぽろぽろして食いにくいんだよ」

「そうなの」

「おれは、それを茹《ゆ》でてお湯を切ったうどんにたっぷりまぶし、しょう油かけて食ったんだがね。でも、店に出してもあんまり売れねえし、足も早いんで、すぐに捨てちまったりするのさ。魚河岸《うおがし》の犬だの猫だのは、ずいぶん食ってると思うぜ」

「そうなんだ」

「だいたい魚ってえのは、産卵の時季になると、牝《めす》はちっと痩《や》せて、脂も落ちるというんだ」

「あ、それは聞いたことがある。シャケがそうだって」

「ああ、シャケははっきりわかるな」

「でも、マグロは部位によって脂ののりがずいぶん違うでしょ」

「そう。背中と腹じゃ、別の魚と思うくらい違う。だから、切り身を食って、牡牝《おすめす》を当てる自信は、おいらにはねえなあ」

銀蔵がそう言うと、

「銀蔵でもできねえことを、殺された浜五郎はできたわけかあ」

十四郎は、納得いかないというように首をかしげた。

五

それから三日ほど、銀蔵と十四郎はほうぼう訊《き》き回ったが、調べは進まない。マグロの牡牝を知っていることが、本当に殺されたわけと関係があるのかどうか、それも判然としない。

同居していたおくめの疑いも晴れていない。

近所の者に訊いたところでは、おくめの田舎は浦安《うらやす》で、弟が江戸にいるという。

伊勢町の長屋に行って、おくめ本人に弟のことを確かめると、

「前に、金をねだられて喧嘩《けんか》になり、近ごろは会っていないんですよ」

とのこと。

「なんで、金なんかねだられたんだ？」

と、十四郎が訊いた。

「舟を買いたいからだって」

「舟を？」

「留六《とめろく》ってんですがね。最初、江戸に来たときは、位牌《いはい》の職人の弟子になっていたんですが、どうも腕が悪くてものにならないというんで、船大工の弟子になり、それも駄目で、船頭やるから、舟を買う銭を助けてくれと言ってきたんですよ」

「それで出さなかったと？」

「ええ」

「浜五郎にも頼んだのか？」

「あの人には言いにくいみたいで、無心したのはあたしだけでしたよ」

「じゃあ、舟は持てずにいるのか？」

「いいえ、なんとか都合がついたみたいでしてね。古い舟ですが、手に入ったらしい

んですよ。それで、船頭をしているんです」

十四郎は銀蔵を見た。

「留六の住まいは知ってるのか？」

銀蔵が訊いた。

「深川の熊井町《くまいちょう》の、万作《まんさく》だか万蔵《まんぞう》とかの長屋だと言ってました」

「そうか」

「留六のところに行くんですか？」

「まあな」

「なんで留六のところに？　へえ、旦那《だんな》たち、あたしを疑ってるんだ？　あたしが留六にやらせたんじゃないかって。面白いこと、考えるもんですね。どうぞ、行ってみてください。あたしが浜五郎をね。惚《ほ》れた男をね。あー、面白い」

おくめの怒りを含んだ声を尻目《しりめ》に、深川へ向かおうと、江戸橋のところに出て来ると、奉行所の一団と行き会った。

「おう、十四郎に銀蔵。ちょうどいい。いっしょに来てくれ」

隠密廻《おんみつまわ》りの田川軍兵衛《たがわぐんべえ》が声をかけてきた。

「捕り物ですか？」

「賭場《とば》に踏み込むんだ。人手は多いほどいい。まったくふざけやがって、元大工町《もとだいくちょう》で賭場を開いてやがる」

「元大工町！」

十四郎も呆《あき》れた。お濠《ほり》を挟んだ北町奉行所の真ん前である。そんなところで賭場を開かれては、町方の沽券《こけん》に関わる。

「誰です、そんなふざけた野郎は？」

銀蔵が訊いた。

「秩父《ちちぶ》の岩蔵《いわぞう》って、相撲取り上がりの若いやつらしい。喧嘩が強いんで、近ごろ、でかい面してやがるのさ」

「ははあ。暴れると面倒ですね」

「なあに、刺叉《さすまた》の五本もあれば大丈夫だろう」

見れば、刺叉を持った中間《ちゅうげん》が五人、必死の形相で駆けている。

それればかりか、奉行こそいないが、与力《よりき》が二人に、同心は臨時廻りや隠密廻りまで急いでかき集められたらしく、中間、岡っ引き合わせて、五十人ほどはいる。たいした大捕物だが、賭場を開いているのだったら、やくざもかなりの数がいるのだろう。

「そこだ」

見た目はふつうの仕舞屋《しもたや》である。

すでに隠密同心が来ていて、

「踏み込めるぜ」

と、うなずいた。

裏手に十人ほど回り、残りは表からいっせいに踏み込んだ。十四郎と銀蔵は、捕物用の防具も用意していないので、いちばん後ろからゆっくり進んだ。

「町方だ。神妙にいたせ！」

与力の声に、

「逃げろ！」

盆茣蓙《ぼんござ》を囲んでいた二十人ほどがいっせいに立ち上がり、逃げ惑った。

「神妙にしろ。下手に暴れなければ、叱りおくくらいで帰してやるぞ」

これでほとんどの男たちは、おとなしくしゃがみ込んだ。

だが、秩父の岩蔵だけは、

「召し取れるものなら、召し取ってみるがいい」

と、部屋の奥で大見得を切った。

「それ、動けなくしろ」

刺叉組がいっせいに突進した。

「この木っ端役人どもが！」

さすがに相撲取りだっただけあって、暴れっぷりも凄《すさ》まじい。

刺叉を摑《つか》んで振り回すと、中間がつづけて二人、吹っ飛ばされた。それでもあとの三人の刺叉は、岩蔵の身体にがっちり食い込んでいる。さらに、起き直った中間が、刺叉で岩蔵の脛《すね》をぼこぼこと殴りつけたから、

「ぎゃあ」

岩蔵は悲鳴を上げて、倒れ込んだ。

そこへ数人の岡っ引きが飛びつき、ぐるぐる巻きに縛り上げた。

「よし、一人ずつ外に出せ」

博奕《ばくち》に参加していた連中も縄をかけられ、外へ連れ出されて行く。

家のなかがようやく静かになると、さっきまで花札賭博《とばく》をしていた盆茣蓙はどういうわけか、踏み荒らされておらず、花札もそのままに並んでいた。

銀蔵はそれをじいっと眺めた。

「どうしたんだ、銀蔵？」

十四郎が訊いた。
「丁か、半か。牡《おす》か、牝《めす》か……もしかして」
そうつぶやくと、急いで連行されている岩蔵のあとを追い、並びかけると、
「ちっと訊きてえんだがな。近ごろ、丁か半かじゃなくて、牡か牝かという博奕を
やってるやつはいねえか？」
と、訊いた。
「牡か、牝か？　なんだ、それは？」
岩蔵は、殴られて腫《は》れ上がった顔を歪《ゆが》めて笑った。
――見込み違いか。
と、銀蔵は一瞬そう思ったが、
「ただ、お伊勢の丑松《うしまつ》親分が、神田の定吉《さだきち》親分との手打ち式で面白い博奕をやりた
いが、なにかないかと言ってたな。それのことじゃねえのか？」
と、岩蔵は言った。

六

「お伊勢の丑松ってのは、日本橋の北を仕切っているやくざでしてね」

「うん。名前はよく聞くよ」

「こいつがあっしの幼なじみなんですよ」

歩きながら銀蔵は言った。

「そうなのか」

「どっちも若いときは粋《いき》がっていて、ちょっと間違えば、丑松がすし屋で、あっしがやくざになっていてもおかしくはないくらい、似た者同士でしたよ」

「なるほどな。だが、お伊勢というなら、伊勢町に住んでいてもよさそうだがな」

と、十四郎は言った。

丑松の家は、小網町二丁目の明星稲荷《みょうじょういなり》の隣にあるという。

「それは、丑松が伊勢参りに熱心で、いままで何度も――あっしが知っているだけでも十数回は行っていて、そこから来たものなんですよ」

「信心深いやくざかあ」

「やくざってのは、意外に信心深かったりしますぜ」

そんな話をするうち、丑松の家に着いた。

玄関口は広く、若い衆が二人、門番みたいに立っている。片割れが銀蔵の顔は知っていたらしく、

「これは銀寿司の親分さん」

と、挨拶《あいさつ》した。

「丑松に話があるんだ」

そう言うと、すぐに奥に伝え、まもなく丑松が現われた。

「おう、銀蔵か。おめえ、近ごろ、また十手を預かったんだってな」

「ああ」

「なんでまた、五十過ぎて、あんなつれえことを始めたんだ？」

「なりゆきってやつだよ」

「そうか。まあ、この世のたいがいのことは、なりゆきってやつかもしれねえしな」

「悟ったようなことを言うじゃねえか」

「やくざなんかやってるとな、堅気の人間より、この世の仕組みについて考える機会が多くなるのさ」

そうなのかもしれないと、銀蔵は思った。とくに、屈折するところがあり、悪を退治できるのはワルだと思い込んだ丑松のような男は、そういうところがあるだろう。もちろん、丑松が思うこの世の仕組みが正鵠《せいこく》を得たものかどうかはわからないのだが。

「こちらは、谷崎十三郎さまのご子息だよ」

銀蔵は十四郎を紹介した。

「そうじゃないかと思いました。どうぞ、お見知りおきを」

丑松に促され、銀蔵と十四郎は奥の部屋に入った。

頭上には大きな神棚があり、横綱が締めるまわしのような注連縄《しめ》が飾られ、なかには伊勢神宮らしい小さなお宮までつくってあった。

「今日はちと訊《き》きたいことがあって来たんだが、あんた神田の定吉との手打ち式で面白い博奕をやりたいと言ってたそうだな」

と、銀蔵は言った。

「ああ、言ってたよ」

丑松は、なんだ、そんなことかというように、うなずいた。

「それは見つかったのか？」

「見つかったよ」

「もしかして、マグロを使うのか？」

「なんだ、知ってたのかよ」

「どういう手順なんだ？」

「なあに、マグロをいっぱい並べておいてな。そのうちから一尾を取り、背中を割いて、刺身の切り身をつくるわけさ」

「ほう」

「それを食って、このマグロが、牡か牝かを当てさせるってわけだ。面白えだろ」

「それで、どうやって牡牝をはっきりさせるんだ？」

「そりゃあ、丁半が揃ったところで、腹のほうを割くんだよ。それで、卵が出れば牝、白子が出たら牡ってことになる」

「なるほどな。それで、その、いわば壺《つぼ》振り役は誰がやったんだ？」

「それは、マグロの腹をうまく割いたりしなきゃならねえので、素人にはできねえ。おめえは知ってるんじゃねえか、魚市場でマグロの卸をしている浜五郎ってのに来てもらって、壺振り役をやってもらったのさ」

「浜五郎がな」

「浜五郎はなかなか口も回ったからな」

「そうかい」

「皆、面白がってたぜ、こんな面白れえ博奕《ばくち》は初めてだって。おれも、あんな面白い賭場《とば》はなかなか経験してねえな」

「だが、それが浜五郎が殺される理由になったかもしれねえのさ」

銀蔵がそう言うと、丑松は顔色を変え、

「殺された？　浜五郎が？」

声が裏返った。

「ああ。腹や胸をメッタ刺しだよ。よほどの恨みでもあったんだろうな」

「そうなのか……」

「知らなかったのかよ。もう、三日も経つんだがな」

「浜五郎は堅気だからな。やくざの生き死ににについては、すぐに報《しら》せが入るんだがな。魚河岸《うおがし》の堅気のことまでは把握しきれねえよ」

「もし、その博奕に理由があるとすると、思い当たることはねえか？」

「思い当たること？」

「イカサマはなかったか？」

「そんなものはねえはずだな。皆が見てる前で腹を割くんだぞ」

「浜五郎は、自分も一切れ食うんだよな？」

「ああ。食ってた」

「あいつは、味でマグロの牡牝《おすめす》がわかると言ってたんだぜ」

「言ってたな。おれも、その話を聞いてから、マグロの丁半博奕を思いついたんだ」

「だったら、イカサマもやれただろうが」

「だよな」

「イカサマがしたくて、マグロの丁半博奕をしたのか？」

「銀蔵。おめえ、おれを疑うのか？」

丑松の目が据わった。

十四郎は思わず、わきに置いていた刀に手を伸ばした。それくらい、凄《すご》みのある目つきだった。

「疑いたくはねえが、商売だ」

銀蔵も負けじと睨《にら》み返す。

すぐに丑松は苦笑して、

「そりゃそうだわな。だがな、銀蔵。おれも、ほんとにあいつが味で牡牝がわかるなら、切り身を口にすることは許さなかったぜ」

「ほう」

「あいつのは、言うほど当たらねえんだよ」

「やっぱり」

「おれだって、おめえが知ってるように、子どものときから魚河岸には出入りしてきたんだ。魚については素人じゃねえ。だから、やつの話を聞いたとき、当てられるというのを疑ったから、博奕にしたら、面白いんじゃねえかと思ったんだ」

「なるほどな」

「しかも、あの日集まった連中は、マグロの博奕をやるなんてことも知らなかった。浜五郎にもないしょにするよう念押ししてた。だから、イカサマなんかやれるわけがねえし、おれだって、あの博奕は余興だったから、ショバ代も取ってねえくらいだ」

「そうなのか」

銀蔵は考え込んだ。

七

「だが、いくら余興でも、金は動いたんだろうが？」

銀蔵はさらに訊いた。

「そうだな。興に乗って、けっこうな大金が動いていたみたいだ」

「だったら、やはり臭いな」

「金の恨みか」

「ああ」

「でも、なんで浜五郎が？」

「それをいまから考えるんだ。マグロの博奕はここでやったのか？」

「そこの広間でな」

指差した部屋は、ざっと三十畳ほどになるだろう。

「マグロはどこに置いた？」

「その真ん中に大きなまな板を置いてな、浜五郎がさばいたのさ」

「牡牝で当てさせるなら、マグロの一尾じゃ足りねえわな？」

「それはもちろん、浜五郎に頼み、二十五尾ほど用意させたよ」

「そんなに。それはどこに置いた？」

「そっちの土間にな」

「だが、支度ってのがあるから、博奕をやるってことを身内は知っていただろう？」

「そりゃそうだが」

「あんたが仕切ったのか？」

「いや、子分にまかせたよ」

「なんてやつだ？」

「…………」

丑松が、ヘビのまぐわいでも眺めるような、嫌な顔をした。おそらく、誰か気になるやつに思いが至ったのだろう。

「どうした？」

銀蔵は訊《き》いた。

「問い詰めるなら、おれがやるよ」

「なんでだ？」

「もし、イカサマがあったら、おれの恥だ。問い質《ただ》すのもおれの役目で、それを町方にやられちゃ立つ瀬がねえってもんだ」

「わかった。おめえにやってもらうぜ。ただ、おめえの思ってることを、ざっくり聞かせてくれ。このまま縛り上げるかもしれねえ」

「与之助《よのすけ》という、うちの若いやつなんだがな、どうも金に汚えところがある。だいたい、神田の定吉と揉《も》めたのも、そいつが縄張りのはっきりしねえところで、みかじめ料をふんだくるようにしたのがきっかけだったんだ」

「なるほど」

「勢いはあるし、頭も切れるんだが。心配はしてたんだがな」

「まあ、問い詰めてみてくれ」

銀蔵に促され、丑松は近くにいた若い衆に、与之助を呼びに行かせた。

ほどなくやって来た与之助は、いかにも精悍《せいかん》な身体をしていて、

「なんでしょうか？」

と言いながらも、鋭い目で銀蔵と十四郎を見た。

「ちっと訊きてえんだがな。この前の手打ち式のときのマグロの博奕のことだ」

丑松は、静かな声で言った。だが、なまじの大声より、切れ味と凄みを感じさせる。

「ええ」

「あれは、おめえが仕切ってくれたよな」

「それがなにか？」

「あんときに大負けしたやつがいただろう？」

「ああ、定吉一家の若い者でしょう」

「そいつとおめえは、知り合いじゃなかったか？」

「そりゃあ、顔ぐれえは」

「なにか約束みてえなことはしてなかったか？」

「約束ってなんです？」

「おめえに勝たせるとかだよ」

「どうやって？」

「浜五郎は、マグロの牡牝が味でわかると言ってたよな。それをなにかの合図で教えさせるくれえはできるだろうよ」

「そうは言ってたけど、あんなのは当てにならねえと、親分も言ってたじゃねえですか」

「ああ。おれはそう思ってた。だが、おめえは、浜五郎からはぜったいに当てられると聞いていたんじゃねえのか？」

「なんで、そんなことをおっしゃるんですかい」

与之助は不貞腐《ふてくさ》れたような顔をした。

そこへ、銀蔵が、

「マグロを並べたり、運んだりしたのも、おめえがやったんじゃねえのか？」

と、問い質した。

「あっしがやりましたが」

「マグロを丁寧に扱ったかい？」

「丁寧に？　死んだマグロなんざ、丁寧に扱ったってしょうがねえでしょう」

「ところが、そうじゃねえ。じつはな、マグロの牡牝《おすめす》は、見かけでけっこうわかるものなんだ」

と、銀蔵は丑松にも目をやりながら言った。

「ほんとかよ？」

丑松は知らないらしい。

「マグロの牡牝はわかるんだ。下腹のヒレのかたちが牡と牝ではちっと違ったりするんだ。ただ、マグロを乱暴に扱ったりして、ヒレが千切れたりすると、見わけがつきにくくなったりする。たぶん、それで浜五郎は牡牝を間違えて教えたのさ」

銀蔵の言葉に、与之助の顔色が見る見る青ざめた。

「つまり、おめえがやろうとしたイカサマは、おめえのせいでしくじったってわけだな。へっへっへ。笑っちまうぜ」

銀蔵はさらにからかうように言った。

挑発である。昔からこれは得意だった。

若い与之助は簡単に引っかかった。

「あの野郎は、間違えっこねえとほざいたんだ。おかげでおれは、百両も負けを引っかぶっちまった。催促がうるさくてしょうがねえや」

「それで浜五郎を殺しちまったか。しょうがねえ。おとなしくお縄につくこった」

「そうはいくか」

与之助は素早い動きで、部屋の隅の、出入りのために用意しておいたのか、刀掛けから二本のドスを掴《つか》み、これをめったやたらと振り回した。

「与之助。神妙にしろ！」

丑松が怒鳴った。

その声に、ほかの若い衆も駆けつけて来た。

「与之助。親分に逆らう気か？」

「やかましい。こうなりゃ、親分も子分もねえや。逃げ切ってみせるぜ」

ドスの二刀流は目まぐるしいほどである。

銀蔵は、十手を片手で構え、飛び込む機会を窺《うかが》うが、なかなか隙がない。

「う。これでは……」

得意の寿司武道も刃物相手では通用しない。

「銀蔵。ここはおいらにまかせろ」

十四郎がそう言って、前に出た。

正眼に構え、じいっと与之助の動きを見つめる。

与之助も十四郎にはかかってこない。

銀蔵がさっと横に回ろうとした。

それはさせまいと、与之助が銀蔵に斬りかかってきたとき、

「てやぁあ」

十四郎の剣が一閃《いっせん》すると、二本のドスがいっぺんに叩《たた》き落とされていた。

「へえ」

銀蔵もこれには感心した。

八

与之助を捕縛したあと、

「おくめにも報《しら》せてやりましょうか」

と、銀蔵は十四郎に言った。

「そうだな。疑ってすまなかったと謝るか」

「まあ、謝らなくてもいいでしょうが、いちおう仏壇に線香でもあげてきましょうよ」

と、二人は伊勢町の長屋に向かった。

すると、若い男がいて、新しい浜五郎の位牌《いはい》に手を合わせているところだった。

「あら、旦那《だんな》。留六を追っかけて来たんですか？　まさか、まだあたしを疑ってるんじゃないでしょうね」

おくめがそう言ったので、若い男はおくめの弟の留六だと察しがついた。

「そうじゃねえ。浜五郎をやった下手人を捕まえたんでな。仏に報告に来たのさ」

と、銀蔵は言って、なかへ入ると、留六のあとから、線香を上げ、手を合わせた。

十四郎もそれにつづいた。

二人の焼香が終わるのを待って、

「下手人は、誰だったんです？」

と、おくめは訊《き》いた。

「与之助ってやくざだったんだ」

銀蔵が答えた。

「やくざ？　うちの人が、やくざなんかと付き合いがあったんですか？」

「そうじゃねえ。浜五郎が、マグロの牡牝を味で見分けられると吹聴してたのが、やくざの耳に入り、それで丁半博奕《ばくち》をすることになったのさ」

「ああ、そういえば、牡か牝かなんて、独り言をつぶやいたりしてました」

「そうか。その博奕でごたごたして、逆恨みされたってわけさ」

「そうだったんですか。あんないい人をね」

おくめは悔しそうに言った。

「いい人？」

さんざん恨みつらみを言っていたはずである。

「あの人、この留六に舟を買う金を貸してやってたんですって」

おくめの言葉に留六はうなずき、

「そうなんですよ。おかげで食っていけそうなので、お礼に来たら殺されたというので、おったまげちまいました」

留六は肩を落とし、

「あの人、本気であたしといっしょになってくれるつもりだったんですって。それなのに、あたしは疑ったりして」

おくめはそう言って、泣き伏したのだった。

九

次の日の朝である。

飯を食い終えた銀蔵が、ふと外を見ると、谷崎十三郎とご新造が、店の前に立っているではないか。しかも、旅支度である。

銀蔵は慌てて玄関口に出た。

「旦那……」

「いまから出発するんでな。おめえに挨拶《あいさつ》に来たよ」

「それは恐れ入ります」

「こうして療養に行けるのもおめえのおかげだ」

十三郎がそう言うと、

「ほんとに、お世話になりました」

と、隣でご新造が丁寧に頭を下げた。

「そんな、勿体《もったい》ない。でも、方角が違うのに、わざわざこっちに？」

「とりあえず、品川《しながわ》まで舟で行って、そこから東海道《とうかいどう》を藤沢《ふじさわ》まで行くことになったんだ。東海道のほうが、疲れたときの駕籠《かご》だの、馬だのが便利なんでな」

「なるほど」

「それで、藤沢まで行くと、才蔵《さいぞう》さんが、馬を連れて迎えに来てくれることになったんだ」

才蔵というのは、谷崎を引き受けてくれることになった、七沢にいる銀蔵の遠縁の者で、ちょっと変わってはいるが、親切でいいやつなのである。

「そうだったんですか」

「田舎に引っ込んだはいいが、ちっと退屈過ぎるんで、おいらが行くのを喜んでくれてるよ」

「ああ、そんなことは前も言ってました」

「もともと戯作者になりたかったらしいな」

「そうなんですよ。親戚《しんせき》中から変わり者扱いされてましてね」

「だから、土産にこの何年か溜《た》めといた瓦版《かわらばん》を持ってってやろうと思ってな」

「そりゃあ、喜びますよ」

谷崎はそこで、ニタリと笑い、

「おめえも、おいらが田舎に行くとは思ってなかったんじゃねえか？」

と、訊いた。

「正直、そう思ってました」

「だが、おいらも夜明けの蛇蔵《へびぞう》のことは気になってるのさ。野郎をこの手で捕まえられるんだったら、どんな田舎にだって追いかけて行くはずだよな。そう思ったら、行ってみてもいいかなと思ったのさ」

「そいつは、いいお考えだったと思いますよ」

と、銀蔵はうなずき、

「でも、十四郎さんがご心配でしょう？」

銀蔵がそう言うと、ご新造のほうはうなずいたが、

「なあに、大丈夫だ。じつは、おいらもちょうど同じ歳くらいに、一人暮らしをしたことがある。人の暮らしとはどういうものか、勉強になるぜ」

と、谷崎は気軽な調子で言った。

「そうでしたか」

「まあ、あいつのことだから、いろいろしくじりもあるだろうが、適当に面倒見てやってくれ」

「わかりました」

銀蔵がうなずくと、谷崎は踵《きびす》を返し、泊めてある舟のほうへと歩き出した。杖《つえ》こそついているが、まずまずしっかりした足取りだった。

第三話　漁師が拝む神さまは

一

谷崎十四郎と銀蔵が、海辺沿いに鉄砲洲《てっぽうず》から築地へと入って来ると、本願寺《ほんがんじ》裏手の南小田原町の番屋で、

「あ、旦那《だんな》に親分。大変です。沖で人殺しです」

と、番太郎に声をかけられた。

「殺しだって？　遺体はまだ浮いてるのか？」

十四郎が訊《き》いた。

「いやいや、舟のなかで殺されたんです。さっき、死体を見つけた舟次《しゅうじ》と貝三《かいぞう》ってえのが、その舟を引いてもどって来たんですよ。ほら、あそこに」

番太郎が指差した河岸《かし》の一角に、すでに人だかりができていた。

すぐにそちらに向かうと、小舟のなかに男の遺体があった。

一足早く、検死役の市川一勘が来ていて、

「包丁で背中を一突きだ」

と、言った。

遺体にはすでに筵《むしろ》がかけられていたが、二本の足がはみ出ている。

筵をめくって、

「包丁はないですね？」

十四郎が言った。

「遺体を見つけた二人が、引き抜いて、そこに置いたそうだ」

舟の底に、血のついた包丁が転がっていた。

「見つけた二人は？」

そいつらが下手人でないとも限らないのだ。

「あそこの二人だ」

市川が、河岸の段々に元気なく立って、こちらを見ている二人を指差した。黒々と日焼けして、手足の筋肉が発達している。見るからに漁師そのもので、あれが舟次と貝三らしい。

「こっちへ来てくれ」

と、十四郎は二人を呼んだ。

二人とも真っ黒に日焼けしているが、顔立ちはよく似ている。兄弟らしい。

「見つけたときのようすを話してくれ」

「へえ。あっしらは、今日はちっと遅めに舟を出して、いつもの漁場に行ったんですが、先に出ていたあっしらの仲間の平太《へいた》の舟が、ゆらゆら漂うみたいになっていたので、近づいてみたら、あのざまでさあ。慌てて舟を引き、ここまでもどって来た次第です」

兄らしい、たぶん舟次のほうが言った。

「見つけたとき、近くに別の舟がいたりしたか？」

「いやあ、すぐ近くには舟はいませんでしたが、ちっと離れたあたりには、いくらも漁師の舟は出てましたよ」

「ふうむ」

「ただ、あっしらが見つけたときは、まだ、かすかに息がありましてね。包丁を引き抜いたときも、くうと呻《うめ》いたりしたんです。でも、ここまで運んで来たときには、すでに息はしていませんでした」

「なにか、言い残したことはなかったか？」

「いやあ、話はできなかったです」

「血で字を書き残したりもしてねえか？」

そう言って、十四郎は舟のなかを確かめたが、血染めの文字などは見当たらなかった。

「銀蔵、なにかあるか？」

十四郎は銀蔵を見た。

「下手人が、お前たちが近づいて来たので、急いで海に入り、舟に摑《つか》まって海のなかにいたというのは考えられねえか？」

と、銀蔵は訊いた。いまの時季なら、海の水はぬるく、ずっと浸《つ》かっていることもできなくはない。そうやって舟に摑まったまま、岸近くに来たら、いったん潜って、離れたところから上がればいいだけである。

「そんなこと、やれますかね」

舟次が訊いた。

「やれねえか？」

銀蔵が頭で考えたことである。

「いまどきの海は冷たくはありませんが、沖は波もありますし、冷えてきますし、クシャミでもすりゃあ、あっしらだって気づきますぜ」

「だよな」

銀蔵は納得し、

「舟は一人で乗って出たのは間違いねえか？」

と、さらに訊いた。

「出すところを見てたわけじゃありませんが……」

舟次が言いかけると、

「いや、兄貴。おれは見たよ。平太は一人で早めに出て行ったんだ」

と、貝三が言った。

これで、同乗の者が殺したという線も消えた。

銀蔵は、平太の背中に刺さっていたという包丁を手に取って見た。漁師が、包丁を舟に入れておくのは、別段珍しいことではない。使い古したふつうの包丁で、柄のところに、平太と墨で記してある。

「市川の旦那。てめえで、背中を刺したってことはないですよね？」

銀蔵は訊いた。

「背中のそこじゃ無理だろうよ」

「こうやって、自分で包丁の先を当てながら、どんと後ろに倒れるってのは？」

あらゆる事態を想定しなければならない。

「やれるか、そんなこと」

「やれませんよね」

と、銀蔵は笑った。

すると、このやりとりを聞いていた弟の貝三のほうが、ぽつりと言った。

「恵比寿《えびす》さまにやられたのかも」

二

「恵比寿さまだと？　そりゃ、どういう意味だ？」

銀蔵が訊き返した。

「いや、たいした意味はねえんですが、ふつう漁師は恵比寿さまを信仰してますでしょ。ところが、あいつは別の神さまを拝んでいるみたいで、だからバチでも当たったのかと、チラリと思っただけです」

貝三は言うんじゃなかったというように頭を掻《か》いた。

だが、銀蔵は気になる。

「平太は幾つだった?」

「ええと、三十二になったと言ってましたね」

「独り身か?」

「ええ。あっしらも独り身ですし」

訊《き》かれもしないことを貝三は言った。江戸の職人も漁師も、一生、独り身で終わるのは、とくに珍しくはない。

「どんなやつだった?」

「真面目なやつでしたよ。酒もやらない。煙草も吸わない。そこは、あっしらとは大違いでした」

「女のほうは?」

「そりゃあ、深川だの品川の女郎屋に遊びに行くことはありましたが、とくに決まった女はいませんでした。まあ、あっしらほどもてなかったですし。ですから、女の恨みは買いたくても、買えなかったでしょう」

「別の神さまを拝んでいたと言ったが、熱心だったのか?」

「とくに熱心というわけじゃなかったです。ただ、仲間が六、七人で、大伝馬町《おおでんまちょう》にある恵比寿さまの前を通ったとき、皆が手を合わせたのに、おれの神さまは恵比寿さまじゃねえとかぬかしてたんで、おめえ、そのうち海で溺《おぼ》れるぞとか、からかったりしたことがあったんです」

「どういう神さまか、訊かなかったのか？」

「訊いたら、まあ、弁天《べんてん》さまだと」

「まあ、弁天さま？」

妙な言い方である。

「ええ。だもんで、弁天さまなら、誰だって好きだよと、笑い話みたいになっちまって、それ以上、詳しいことは……」

「弁天さまと言うと、洲崎《すさき》神社か」

と、十四郎が言った。

「そうですね。ほかにもありますぜ。江戸の六弁天と言いますからね」

銀蔵はそう言って、

「とりあえず、遺体は家に連れて行くだろう？　家はどこだ？」

「そこの角を曲がって二つ目の路地を右に入ったところの、柿兵衛《かきべえ》長屋ってとこです」

ここは市川に見ていてもらい、十四郎と銀蔵は、遺体が入るより先に、家のなかを見ることにした。

路地のあちこちに網が干してあったり、自分が食うための干物が載せてあったり、見るからに漁師たちの町である。

柿兵衛長屋はすぐにわかり、住人にもすでに悲報は伝えられていて、長屋のおかみさんが二人、沈鬱《ちんうつ》な顔で、住まいの掃除をしているところだった。

「おっと、そのままにしてくれ。部屋のようすを見ておきてえんだ」

十四郎は十手を見せて言った。

銀蔵もいっしょに入って、なかのようすを見た。

棟割り長屋の、西側の真ん中の部屋。四畳半に台所がついた土間があるだけ。三方が壁で、浮世絵が何枚か貼ってある。箪笥《たんす》はない。長持ちが一つ、折り畳んだ蒲団《ふとん》、それに小さな火鉢。四畳半にあるのはそれだけである。

台所には、水甕《みずがめ》に、米櫃《こめびつ》、味噌《みそ》の入った甕。へっついのうえの鍋《なべ》、棚に小さな釜《かま》と丼とお椀《わん》。どれもきれいに洗ってあった。

家の外に出ていたおかみさんたちに、

「平太はどんなやつだった？」

と、十四郎が訊いた。

「そりゃあ、真面目な人でしたよ」

片方がそう言うと、もう一人もうなずいた。

「ここで、喧嘩《けんか》騒ぎが起きたことは？」

「そんなことはいっぺんだってありません。やさしい人で、うちの三歳になる竹坊《たけぼう》のことも可愛がってくれて。同心さま、なんとしても下手人を捕まえてくださいよ」

おかみさんは、すがるようにして言った。

「わかったよ。だが、海に出ていて殺されたんだよ。ふつうに考えれば、漁師同士の喧嘩なんだがな」

「平太さんに限って、そんなことはないと思いますよ。そこらは、網元さんあたりに訊いてもらえばわかると思いますが」

「じゃあ、なんでわざわざ、海のうえで殺されなくちゃならねえのかな」

十四郎は独りごとみたいに言った。

「ところで、平太は神さまを拝んでいたらしいんだが、ここには神棚も仏壇もねえみてえだ」

と、銀蔵が部屋を見回しながら言った。

「平太さんが神さまを？」

そう言って、おかみさんは片割れを見た。

「あたしが見たのは、正月に外に出て、柏手《かしわで》を打ってたのだけだね」

「どっちを向いて、拝んでた？」

「ええと、こうやって、乾《いぬい》（北西）か亥《い》（北北西）のほうでしたかね」

そのときの真似をするようにして言った。

「あっちのほうに、弁天を祀《まつ》る神社はあったか？」

十四郎が銀蔵に訊いた。

「ええと、江戸の六弁天と言われるのは、江島杉山《えじますぎやま》神社に、不忍池《しのばずのいけ》の辯天堂《べんてんどう》、深川の洲崎神社と冬木《ふゆき》弁天堂、滝野《たきの》川の松橋《まつはし》弁天に、大久保《おおくぼ》余丁町《よちょうまち》の抜《ぬけ》弁天でしょう。ここから乾か亥の方角だとすると、抜弁天ですかね」

「行けば、なにかわかるかな？」

「いやあ、いま行っても、突っ込むことはねえでしょう」

とりあえず早桶《はやおけ》が運び込まれ、通夜がおこなわれるようすを見張ったが、とくに怪しいやつは現われなかったし、網元に訊いても、喧嘩騒ぎなど起きていないとのことだった。

三

次の日の昼近くなって――。

銀蔵と十四郎は、南小田原町の河岸《かし》に来ていた。

ここで舟を借り、殺しの現場になったあたりを見て来ることにしたのである。

南小田原町は、漁師町になっていて、小さな魚河岸《うおがし》まである。日本橋ほどではないが、かなり栄えている。

ただ、漁師町としては、深川や佃島《つくだじま》、金杉《かなすぎ》や芝《しば》などと比べると、格下扱いだった。

江戸時代も、現代の漁業権のようなものがあり、誰でも好き勝手に海に出て、魚を獲《と》り放題というわけにはいかなかった。漁師町にお墨付きが与えられ、町によって漁業税に違いがあったりした。

幕府からいちばん手厚く保護されたのが、幕府へ鮮魚を献上する義務があった、本芝《ほんしば》、金杉、品川、大井《おおい》御林《おはやし》、羽田《はねだ》、生麦《なまむぎ》、新宿《しんじゅく》（甲州道《こうしゅうどう》の新宿とは別）、神奈川の、いわゆる〈御《お》菜《さい》八《はち》ヶ《が》浦《うら》〉と呼ばれた漁師町だった。

次は〈浦〉と呼ばれた漁師町で、その下が、南小田原町のような〈磯付村〉とされた。これらは、時代によっても違うが、江戸湾全体で、浦は七、八十、磯付村は、二、三十ほどあった。

ただ、漁業権といっても、釣り舟や磯釣りなどで、釣り竿《ざお》を使って釣るくらいのことは、大目に見られていた。

銀蔵と十四郎が乗ったのは、猪牙舟《ちょきぶね》よりもっと小さな、いささか頼りないくらいの舟である。

もちろん櫓《ろ》を漕《こ》ぐのは銀蔵で、十四郎は緊張したようすで、舟の中央に座っている。

「どこらあたりへ行くんだ？」

と、十四郎は訊《き》いた。

「舟次に訊いたところでは、あの連中の漁場は、佃島の沖のほうと言ってました」

「なにか狙いの魚はあったのかな」

「いまどきは、スズキでしょう」

「スズキはすしネタになってるか？」

「もちろんです。夏のすしには欠かせません。白身でさっぱりしてますが、うちは昆布で締めて出すことも多いです」

「ああ、あれだな」

味を思い出したらしい。

「あとは雑魚《ざこ》をいろいろ上げたりもするでしょうね」

南小田原町の漁師たちは、だいたいあまり沖合までは行かない。せいぜい佃島の沖あたりまでである。なにせ、舟自体が頼りないので、大きな波が来て、風に吹かれたら、かんたんにひっくり返る。

また、沖合に行くと、ほかの漁村の漁師と出会って、縄張り争いみたいな喧嘩が起きないとも限らない。漁師たちの世界も、けっこう面倒なのである。とくに、佃島の漁師たちとは、犬猿の仲になっていた。

「ここらあたりですかね」

と言いつつも、銀蔵はまだ櫓を漕いでいる。

「こんな近場なのか」

と、十四郎は言ったが、海に慣れない者からしたら、ずいぶん沖合に来た感じがする。

見ると銀蔵は、しきりに周囲を眺めている。

「なにを観てるんだ？」

「山にかかる雲のようすです。それで、風の具合を確かめておくんです」

「風の？」

「ええ。漁師は風を見るのが大事ですのでね。突風にやられたら、こんな小舟は木の葉みたいに弄《もてあそ》ばれ、たちまち沖に流されちまいますんで」

「江戸湾でも？」

「もちろんです。江戸前の海は内海だと舐《な》めてかかったら、とんでもないことになりますぜ。漁師の遭難なんか、数え切れねえくらいですから」

「まずいな」

と、十四郎は怯《おび》えた顔をした。

「ですから、漁師たちは山にかかる雲の動きを見て、大風が出て、大波が立たないかを気にするんです」

「そりゃあ、気にするな」

「江戸湾では、季節によって、風向きが変わるんですが、いまどきは辰巳《たつみ》（南東）のほうからの風が強くなることが多いんです。だから、あっちの上総あたりの山を見ているんです」

「そうだったのか」

　銀蔵はようやく漕ぐのを止めて、

「たぶん、ここらで漁をしていたと思います」

「なるほど」

　そう言って十四郎はあたりを見回すと、つくづく海の広さを痛感する。

「しょっちゅう、目の前の海は見ていたのに、ここまで来ると、こんなに広かったのかと驚いてしまうよ」

「そうでしょう」

「河岸にはあんなに漁師の舟があっても、こうやって見ると、海の上にはぽつりぽつりとしか見えねえしな」

「ええ。ここで、なにがあったかですよね」

「まったくだ」

　ほかの舟の男たちに話を訊いてみたいが、なかなか近づいて来ない。

「ちっと、釣りでもしてみましょうか」

「いいねえ」

　十四郎はゴカイを針につけ、釣り糸を垂らした。

「釣りはだいぶやったんですか？」

銀蔵がそのようすを見ながら訊いた。

「いやあ、本気になって入れあげたってほどじゃねえな。沖釣りはしたことないし、晩のおかずが釣れれば満足ってくらいだったよ」

十四郎は昔を懐かしむような顔で言った。

「旦那《だんな》、引いてますぜ」

「えっ」

と、浮きを見た途端、十四郎の竿《さお》が大きくしなった。

「あ、デカいぞ。これは」

「糸を切られないよう、うまく合わせてくださいよ」

「そんなこと言ったって、おいらはこんな釣りは初めてだからな」

「初めてですか。そりゃあ、まずい」

「おっとっと、引いてる、引いてる」

「落ち着いて、落ち着いて」

「おっと、逃がすか」

竿を立てるようにした。

「十四郎さん。そんなことしちゃ、いけませんて」

「だが、こんな大物は釣ったことないぞ」

「引っ張っちゃ駄目です。魚と遊ぶつもりで、楽しんでください」

「遊ぶのか」

「漁師じゃねえんですから」

「お、こっちに来たぞ」

「網ですくいましょう。そう、寄せて、寄せて」

すぐ下に来たところで、銀蔵が網ですくい上げた。ずしりと重い銀色の魚が、舟の底ではねている。ざっと見で、三尺以上（一メートルほど）ある。よくも糸が切れなかったものである。

「こりゃ、大物のスズキです」

「スズキって、こんなにデカくなるんだな。これは、おいらがいままで釣った魚のなかでも、最大だぞ」

ここから、つづけて二尾釣れた。どれもスズキである。

「これは、一人じゃ食い切れねえな」

と、十四郎は大喜びである。

「十四郎さん。そんなに釣れるなんて、出世なさるんじゃねえですか？」

スズキは、大きくなるにつれ、セイゴ、フッコ、スズキと名が変わるので、出世魚とされ、縁起がいいと武士にも好まれてきた。一尺（三十センチ）くらいまでがセイゴ、二尺くらいまではフッコ、それ以上になるとスズキで、大きいのだと三尺以上になる。

「あっはっは。町方同心に出世なんかあるもんか」

とは言いつつ、舟底の大物三尾に嬉《うれ》しそうである。

銀蔵もそれを見ながら、

「あれ？」

ふと、頭に浮かんだ光景に首をかしげた。

「どうした？」

「そういえば、あのとき、平太の舟には魚がなかったですよね」

四

岸にもどって、銀蔵と十四郎は、平太の遺体を見つけた舟次と貝三のところへ向かった。二人の住まいは、平太の長屋とは路地を一本隔てただけの、同じような長屋だった。

まだ、漁に出たままかとも思ったが、今日は朝早くに出て、先ほどもどったばかりだという。

「昨日のことだがな、平太の舟に魚はなにもなかったが、お前らが取ったのか？」

と、銀蔵は訊《き》いた。

「取ってませんよ。あっしらの舟にもなかったでしょうよ」

「そうなのか」

「あっしらは、あの場に行って、すぐに死んでいる平太を見つけましたから、釣りどころじゃなかったんです」

「そりゃそうだわな」

「それで、平太はあっしらより先に釣りに出ていたはずなのに、魚は一匹もなくて、変だなとは思ったんですが」

「平太が舟を出したのと、お前らが出したのと、あいだはどれくらいあった？」

と、銀蔵はさらに訊いた。

「あっしらはぐずぐずしてたので、一刻《いっとき》（およそ二時間）近かったかもしれません」

「それで、なにも釣れないなんて、あり得ないよな」

「ええ。いまは、スズキが馬鹿でも獲《と》れるときですからね」

舟次がそう言うと、十四郎は嫌な顔をした。馬鹿でも獲れるスズキ三尾は、番屋に預けてきたのだ。

「なんでなかったんだろう？」

と、銀蔵は兄弟に訊いた。

「さあ」

「ほかの漁師村のやつらに奪われたとか？」

「よその漁場ならまだしも、そこまでするやつはいねえでしょう」

銀蔵もそう思う。

「平太のことは皆、真面目なやつだったというが、それだけの男なのか。なにか、変わったところとか、癖とか、そういうものはなかったのか？」

「変わったところ？　癖？」

兄弟は、顔を見合わせながら考え込んだ。

「なにか拝んでいると言ったが、家には仏壇も神棚もなかったぞ」

「そうですよね」

と、舟次はうなずき、

「平太ってのは、もともと漁師じゃねえんです。百姓なんです」

「百姓？」

「十五、六で親類を頼って江戸に出てきて、しばらくは魚河岸《うおがし》で軽子《かるこ》をしていたんです」

「ほう」

軽子というのは、舟から魚を運ぶ荷揚げを専門におこなう者で、魚河岸には欠かせない仕事だった。

「そのうち、漁師をやりたいと思うようになったんですが、十年ほど前、ここから出た、漁師五人ほど乗った舟が、疾風に遭って沈没し、五人とも亡くなったことがあったんです。そのときに、漁師になりたいと言っていたあいつを、網元が引き受けたんですよ」

「そうなのか。じゃあ、平太の生国は？」

「江戸の近くだとは言ってましたがね」

「旦那……」

「ああ」

十四郎がすぐに南小田原町の番屋に行って、人別帳を見せてもらった。

「平太は、石神井村《しゃくじい》というところの生まれですね」

と、町役人が言った。

「石神井村というのは？」

十四郎が訊くと、もう一人いた年配の町役人が、

「音羽《おとわ》を抜けまして、そこから西のほうに三里（十二キロ）ほど行きますかね。江《え》古田《ごた》村を過ぎたあたりが、確か石神井村だったかと思います。三宝寺《さんぽう》という寺の前に大きな池がありまして、なかなかいいところでしたよ」

と、教えてくれた。

「おい、銀蔵。行ってみるか？」

十四郎が訊いた。

「必要とあれば行きますが……」

まだ、そんな気はない。

五

十四郎の釣ったスズキ三尾のうち、二尾は銀寿司でもらい、いちばん大きいのは

おけいの店に手土産に持ってきた。

「まあ、凄《すご》い。じゃあ、さっそく刺身に」

おけいは抱えようとしたが、

「おっと、着物が汚れるぜ」

と、銀蔵はそのまま台所のまな板に置き、ざっと捌《さば》いてやることにした。

店には、フランスの軍人ポワンと、通詞の小田部一平もいて、スズキの大きさにひとしきり感嘆すると、

「ポワンさんが、切り身をくれと言ってます。自分で焼くそうです」

言うそばから、ポワンは立ち上がって、腕まくりをした。

「じゃあ、ポワンさんの道具でね」

おけいは、棚から取っ手のついた鉄鍋《てつなべ》を持ち出した。

スズキの頭を落とし、腹を開いていた銀蔵は、ちらりとそれを見て、

「煮るのか？」

「いえ、焼くんだそうです」

「フランスじゃ、魚を鍋《なべ》で焼くのか？」

と、呆《あき》れたように訊いた。

「そうみたいよ。これは、あたしにフランスの料理を覚えさせるために、横浜から持って来てくれたの」

「おけいさんに、フランスの料理を？」

「そう。あたしも教わろうと思って」

「おいおい、嫁にでもするつもりか？」

銀蔵はいささかムッとしている。それでも、ポワンのために、切り身を五枚つくってやった。

「牛脂がないのは残念だけど、フランスふうの食べ方を教えてくれるそうです」

ポワンは、鍋にゴマ油を引き、塩と、これもおけいに預けてあった胡椒《こしょう》を振り、焼き始めた。網と違って、脂が落ちることはない。

あまり焦げ目もつかないうち、

「できたそうです」

切り身を五つの皿に盛り、それぞれで味見をすることにした。

「ほう」

銀蔵は感心した。いささか脂っぽいが、これはこれでうまい。魚の旨みを、脂で焼くことでうまく閉じ込めてある。

「パンに合うわね」

と、おけいは言った。

「パン？」

「異人さんたちが、ご飯の代わりに食べるものよ。この前、お土産にいただいたの」

「そうなのか」

ポワンは、銀蔵の知らないところで、いろいろおけいの気を引いているらしい。

十四郎も、

「これはうまい」

と、もっと食べたそうにした。

皆に褒められ、ポワンは気を良くして、横浜へ帰って行った。

銀蔵もとっくり二本を飲み干し、そろそろ引き上げるかと思ったとき、いつの間にか店の隅に来ていた二人組の話が耳に入った。四十前くらいの、漁師らしい二人連れである。

「おめえも宗旨替えしたらどうだ？」

「なにを拝むんだ？」

「宇賀神《うがじん》さまという神さまがいるんだ」

「宇賀神さまだと？」

「三年くれえ前に、深川から出た、二十人ほど乗った船が転覆したことがあったろう」

「ああ」

「あのとき一人だけ助かったやつが、その宇賀神さまを拝んでいたんだ。恵比寿さまよりご利益があるのは、それでわかるだろうが」

気になる話である。おけいに訊《き》くと、たぶん佃島の漁師で、片割れは見覚えがあるという。

「よう」

と、銀蔵が声をかけた。

「え？」

「いまの話、おれも気になったんだけどな、宇賀神さまというのは、どういう神さまなんだ？」

「遭難除《よ》けにもご利益はあるし、揉《も》めごとに強いんだよ」

「揉めごとに？」

「漁師ってのは、沖のほうで始終、揉めごとがあるだろうよ。でも、宇賀神さまを拝んでいると、それは消えちまうんだ」

「どういうことだ？」

「クジラさまが言うには、それこそ宇賀神さまのお力だとさ」

「クジラさまとはなんだ？」

「宇賀神さまに仕えている人だよ。元は漁師だったそうだ」

「信者は何人くらいいるんだ？」

「もともとは金杉浦の漁師に信者が多かったみたいだが、ここんとこは深川や佃島でも増えてきてるんだよ。ぜんぶでどれくらいいかと訊かれると難しいけど、おれは佃の漁師だけど、うちのほうじゃまだ十人足らずといったところかな」

「ふうむ。宇賀神さまは、弁天さまとは関わりはねえよな？」

銀蔵は、なんとなく気になって訊いてみた。

「ああ、あるよ。弁天さまは、宇賀神さまの仮の姿なんだ」

「ほう。ねえ、旦那《だんな》」

と、銀蔵は十四郎を見た。

十四郎は、もっと問い詰めてみろというように、顎《あご》をしゃくった。

「その信者のなかに、平太という男がいるだろう？」

銀蔵はさらに訊いた。

「平太？」

「南小田原町の漁師だよ」

「南小田原町の漁師は、まだ信者にはなってないと思うぜ」

「そうなのか」

「もっとも、明後日《あさって》の夜、宇賀神さまの集まりがあるので、そこに来て、新入りだと紹介されるかもしれないがね」

「集まりはどこでやるんだ？」

「佃の渡しの、船松町《ふなまっちょう》の渡し場の前に、〈魚勝《うおかつ》〉という魚屋があるんだ」

「あるな」

「そこのおやじも最近、信者になったんで、そこの座敷で開かれることになってるよ」

「なるほど」

「おめえさんも宇賀神さまを拝みたいなら、来てみたらいいさ。たちまち信者になっちまう。へっへっへ」

男は下卑た笑顔をみせた。

「考えとくよ」

と、銀蔵は言った。妙な神信心と関わると、あとが面倒になるのだ。

六

翌日——。

銀蔵と十四郎は、余丁町の抜弁天へとやって来た。宇賀神さまというのが気になるので、そういうのは弁天さまで訊いたほうが早いだろうとなったのである。

抜弁天とは妙な名だが、境内を通り抜けられるので、抜けられる弁天さまということで言い習わされたらしい。正式名は、厳嶋《いつくしま》神社である。

有名なわりには、小さな祠《ほこら》である。境内も「抜けられる」というほど、広くはない。が、南北に抜ければ、多少の近道ができる。

神社を管理する別当寺は、二尊院《にそんいん》というが、こちらのお堂もさほど大きくはない。

とはいえ、寺社方の管理下にあって、町方が別当や神官に十手を見せてなにか訊《たず》ねても、おいそれと答えてくれるわけはない。

「誰か、参拝する者にでも訊いてみるか」

と、十四郎は言った。

「それはいいですね」

銀蔵も賛成したが、肝心の参拝客はなかなかやって来ない。境内に入って来るのは、通り抜けて行く者ばかりである。

「なんだよ。これじゃあ、通り抜け代でも取ったほうが、賽銭《さいせん》より上がりは多いだろうな」

十四郎は呆《あき》れて言った。

だが、しばらくすると、宮司らしき男が、賽銭箱の中身をのぞきに来た。だが、賽銭は入っていなかったらしく、舌打ちして引き返そうとしたところに、

「宮司さんですかい」

「なんじゃな？」

宮司は急に、賽銭など眼中にないというような、厳かそうな顔をつくった。

「ちっとお訊きしたいんですが、宇賀神さまという神さまは、ご存じですか？」

「宇賀神さま？」

「なんでも、弁天さまとつながりがあるらしいんですが」

「そんなもの、わしは知らんぞ」

「そうですか」

宮司が知らないようではどうしようもない。

「諦《あきら》めるか」

と、十四郎が言ったとき、二十歳くらいの町人が、大判の手帖《てちょう》のようなものを持ってきて、弁天さまの祠のなかをのぞきながら、筆を動かし始めた。

「なに、やってんだろうな？」

十四郎が不思議そうに言った。

「弁天さまを写しているみたいですぜ」

「家に持って帰って拝むつもりかな？」

「それにしちゃあ、筆遣いが慣れてますね」

銀蔵は近づいて行って、

「弁天さまを引き写してるのかい？」

「ええ」

「弁天さまを拝むんだ？」

「拝むというより、いろんな神さまや仏さまを写そうと思って」

そう言って、照れ臭そうに笑った。

「いろんな神さまや仏さまを？　いっぱいいるんだろうな」

「そりゃあ、いますよ。これが神さまか？　というような、妙なものもいっぱいありますし」

「ああ、ご神体には、そういうのはあるよな」

「はい」

「長いこと、そんなこと、してるのかい？」

「最初は、魚を描き写すことから始めたんですよ」

「魚？」

「いろんなかたちの魚がいるもんだと、興味を持ったので」

「どれくらい描いた？」

「三百尾くらいです」

「そんなに！」

銀蔵も、おそらくそんなには知らない。

「まだまだ知らない魚はあるんでしょうが、江戸で見られる魚には限界がありましてね。そんなとき、神さまや仏さまもいろいろあるなと気がつきまして」

「おめえ、ふだんはなにしてるんだ？」

つい興味を覚え、訊《き》いてみた。

「あたしは、家が菓子問屋で、菓子をつくったり、売ったりしてますが」

菓子問屋ということで閃《ひらめ》いた。

「あんた、もしかして日本橋の〈栄悟楼《えいご》〉の若旦那《わかだんな》かい？」

栄悟楼の店先に、ときおり恐ろしく精巧な魚のかたちの飴《あめ》細工が飾られ、それは若旦那がつくるらしいと評判になっていた。

「はい、栄太郎《えいたろう》と言いますが」

「やっぱり」

「それより、そちらさまは、もしかして銀寿司の親分さん？」

「おう、そうだ。なんだ、栄悟楼の若旦那は、ちっと変わってる……いや、面白い人だとは聞いていたよ」

「ああ、どうぞ、変わってると言ってくれて構いませんよ。それより、銀寿司の親分も有名でしょう。小網町の〈銀寿司〉には、子どものころからお邪魔してました」

「そうだったかい。そりゃあ、いろいろ訊きやすいや。じつは、宇賀神さまという神さまのことを調べるのに、ここへ来てたんだが、宮司もさっぱりわからねえんだよ」

「ああ、宇賀神さま」

と、栄太郎はうなずいた。

「知ってるのかい？」

「確か、元は別の神さまだったんですが、弁天さまとくっついてしまったんですよ」

「仮の姿じゃなくて、くっついたのか」

「だから、宇賀神さまを拝むのに、弁天さまを拝むのは構わないと思いますが、宇賀神さまだけを祀《まつ》るところも、多くはないけどあるはずですよ」

「江戸にもあるのかい？」

「江戸市中じゃありませんが、確か、石神井村というところの三宝寺池のほとりにあるらしいです」

「石神井村！」

なんと、平太の生まれ育った場所ではないか。そこで、宇賀神さまを拝んでいたのは間違いなさそうである。

「ただ、かなり変わったお姿をしてるというので、あたしもいずれぜひ、行ってみたいとは思っているんですが、なにせ、おやじがそんなことしてる暇があるなら、商売をしっかりやれとうるさいものでして」

「それは、おやじさんの言うことがもっともだと思うな。でも、あっしらは、いい話をお聞きしましたぜ」

銀蔵が、礼を言うと、二人のやりとりを聞いていた十四郎が、

「有名人同士で話が進んだじゃねえか」

と、からかうように言った。

七

銀蔵はやはり、石神井村まで行ってみることにした。十四郎も行くとは言ったが、二人そろって行くほどのことではない。

翌朝早く、竹の水筒と、握り飯の弁当を持って、銀蔵は小網町の家を出た。

小日向《こびなた》、音羽、関口《せきぐち》と進み、雑司ヶ谷《ぞうしがや》から西に向かった。

どんどん暑くなってきたが、幸い道端を小川が流れていたりして、手ぬぐいで身体を拭《ふ》くと、心地良かった。

江古田村からさらに西へ進み、田んぼに出ていた百姓に道を訊くと、

「ああ、もうすぐそこだよ」

と言われたが、ここらのすぐそこは一里（四キロ）ほどあるらしく、ようやく目的の三宝寺池のほとりに着いたときは、ちょうど午《うま》の刻（十二時）くらいになっていた。

まずは、日陰で弁当を食い、少し寝た。五十を過ぎると、半日歩きつづけたあとは、しばらく休みが要るようになった。

休息を取ったあと、三宝寺池に沿って歩いて行くと、ウナギでも釣っているらしい若い男と出会った。

「ちと訊《たず》ねるが」

「おれにかい、ウナギにかい？」

ちょっとしらばくれた人間らしい。

「ウナギに訊きたいんだが、ウナギの言葉がわからねえんだ」

「なるほど。だったら、おいらに訊いたほうがいいな」

「ここらに、宇賀神さまを祀るところがあると聞いて来たのだがな」

「宇賀神さま？ ああ、それは穴《あな》弁天さまのこった」

「穴弁天？」

抜弁天だの、穴弁天だの、弁天さまはいろんな呼び方をされるものである。もっとも、穴八幡だの穴不動だのもあるから、大方、岩に開いた穴のなかにでも祀られてあるのだろう。

「別名、宇賀神さまともいうだよ」

「宇賀神さまは、弁天さまとくっついたんだそうだな？」

よくわからない話なので、再度訊いてみた。

「くっついたのかね。なんせ、変な神さまだからな」

「どう変なんだ？」

「じゃあ、案内してやるよ」

と、男はウナギ釣りを止めて、歩き出した。

「この村から江戸に出た平太って男は知ってるかい？」

「ああ。平太はいとこだよ。あんた、知り合いか？」

「まあな」

いとこだったら、家を訊き、平太の死を報《しら》せてやらなければならない。

だが、まずは宇賀神さまのことを確かめたい。

「ここだ。ここが宇賀神さまだ」

いとこが立ち止まったところは、やはり崖《がけ》にできた穴を囲むようにつくられた祠《ほこら》だった。

銀蔵はしばらく手を合わせ、柏手《かしわで》を打ったあと、

「御神体を拝みたいんだがな」

と、言った。

「拝むのは勝手だが、びっくりしなさんな」

銀蔵はうなずき、祠の扉に手をかけ、そっと開けて、薄暗いなかをのぞいた。

「えっ？　これが宇賀神さまか」

銀蔵もこれには驚き、いくらか身の毛のよだつ思いもした。宇賀神さまは、身体はヘビ、顔は弁天さまという驚くべき姿だった。

八

銀蔵が北町奉行所にやって来たのは、すでに日も暮れようというころだった。

「顔が弁天で、身体がヘビだと」

十四郎は、銀蔵の報告を聞き、唖然《あぜん》となった。

「気味は悪いのですが、なにやら霊験あらたかという感じはしましたぜ」

「それで、ちょうど出会ったのが、平太のいとこでした」

「そうなのか」

「ほう」

「親や兄貴はいまも百姓をしているというので、あっしは平太のことも報せて来ました。兄貴が数日中にでも、こっちに骨を取りに来るそうです」

「そうか」

「なんとか、そのときまでに下手人を捕まえてやりてえものです」

「まったくだ」

「それでですね、あっしは、あいつらが話していた宇賀神さまを拝む集まりにも出てみようと思いましてね」

それは、今日の夜、佃の渡しの近くにある魚勝で開かれるはずだった。

「出られるのか？」

「拝みたいと言えば、大丈夫でしょう」

「だが、銀蔵は顔を知られているだろうが」

「なあに、頬かむりでもしていけば大丈夫でしょう。知られたら知られたで、岡っ引きが信者になったって別にいいわけですし」

「それにしても危なそうだ。何人くらい出るんだ？」

「さあ。あいつの話じゃ、そう多くはなさそうでしたがね」

「おいらは出られないか？」

「いやあ、旦那《だんな》は目立ち過ぎでしょう。魚臭い漁師や町人の集まりになると思いますので」

「だが、次第によっては、誰かをふん縛ることになるんじゃないのか？」

「そうなりゃいいんですが」

「だが、信者が大勢いるところで、下手人を捕まえられるのか？」

「信者たちと格闘する羽目になるかもしれませんね」

「わかった。じゃあ、おいらは中間を何人か連れて、近くに潜んでいるよ。なにかあったら、大声を上げてくれ。すぐに駆けつけるから」

ということになった。

日が落ちると──。

魚勝の裏手にある座敷には、二十人近い人たちが集まってきた。予想していたより多い。ほとんどは、男の漁師だが、海女《あま》も二人ほど交じっている。銀蔵も、「今晩は」の挨拶《あいさつ》だけでかんたんに入れてもらえたので、冷やかし半分の近所の者もいるのではないか。一昨日《おととい》、おけいの店にいた漁師の片割れは、いちばん前に座っている。

明かりは、前のほうに燭台《しょくだい》が一つあるだけで、かなり暗い。これなら銀蔵は誰にも見咎《みとが》められずに済みそうである。

そこへ――。

「宇賀神さまのお越し」

と、声がした。

――おいおい、宇賀神さま、現われるのかよ。

銀蔵は内心で呆《あき》れた。

すると、奥の襖《ふすま》が開き、若い女がゆっくりと出て来た。

――これは……。

銀蔵も目を瞠《みは》った。

桃色の薄衣を羽織っているが、ろうそくの明かりで透け、なかの裸身がはっきり見えている。豊満だが、身体に張りがある。大きな乳房だが、かたちは崩れていない。まだ若いのだ。豊かな腰回りはもちろん、足の付け根の翳《かげ》りまで見えている。

隣の若い男が、

「ごくっ」

と、唾《つば》を飲む音がした。

「よく来ましたね」

そう言いながら、宇賀神さまは皆の前をゆっくりと行ったり来たりした。

これが見たさに信者になる男は多いのではないか。

薄衣にはお香を焚《た》きしめてあるらしく、いい匂いもする。

「ほら、よく見るがよい」

宇賀神さまは、ろうそくの近くで、踊るようなしぐさをした。裸身の美しさは、宇賀神さまというより、まさに弁天さまや観音さまと言ってもいいほどだった。

「ははあ」

皆、膝《ひざ》を進め、食い入るように見つめる。銀蔵も同様である。

「だが、わらわに触れてはならぬ。神の御身じゃ」

ぬけぬけと、自分で神の御身ときた。銀蔵は思わず噴き出しそうになったが、我慢した。

「だが、そなたたちの夢のなかにも現われてしんぜよう。そのときは、わらわを思う存分、可愛がっておくれ」

「ありがたや」

夢のなかなら、なにをしてもいいときた。まったく、たいした神さまがいたものである。

「さて、今宵の話は、恵比寿のことじゃ」

と、宇賀神さまは改まったように語り出した。

「これまで何度も語ったように、わらわは見てもわかるとおり、弁天と合体した身じゃ。それで、わらわと恵比寿が仲が悪いと誤解している者もいるようじゃが、決してそんなことはないぞ。だいいち仲が悪かったら、同じ宝船に乗り込むわけがない」

そう言うと、皆は笑った。

「だから、恵比寿を拝んでいるので、わらわを拝まないとか、わらわを拝んでいるから恵比寿を拝まないとか、そういうことも間違いなのじゃ。どちらも熱心に拝むがいい。その分、ご利益も大きくなるに決まっている」

「ははあ」

「神というのは、それぞれ豊かな心を持っておる。互いに認め合い、助け合っている。そなたたちも、心を豊かにして、つまらぬことで争うのはやめるのじゃ。争えば争うほど、人は不幸になる。よいな」

柔らかく説いた。

「ははあ」

と、一同はうなずいた。銀蔵も、説教はうまいものだと感心する。

「明日《あした》、わらわは宇賀神舟で海に出る」

と、宇賀神さまは言った。

「漁場で出会ったなら、その日に獲《と》れた魚は寄進するのじゃぞ。それが、わらわへの信仰のしるし、その後の豊漁を約束してしんぜよう」

「ありがたや」

と、漁師たちは礼を言った。

――ははあ。

これで、平太の舟に魚がないわけがわかった。

獲れた魚を寄進していたのだ。おそらく江戸湾を一周すれば、かなりの魚が集まることになるのだろう。もちろん、それらはどこかの市場にでも持ち込まれるのだ。

「では、わらわは、そろそろ御神体に合体しなければならぬ。皆の前に、そう長くは身をさらすことはできぬのじゃ。今宵もわらわの御神体に手を合わせ、寄進がある者は寄進をし、新しく信者となった者は、よくよくお顔を覚えていただくがいい。では、また。わらわはそなたたちを守っておるぞ」

そう言うと、宇賀神さまは襖の向こうに消えた。

それからすぐ、かなり体格のいい男が、宇賀神さまの御神体を納めたらしい箱を持って、現われた。どうやら、さっきの御身はそのなかにもどったということらしい。

その男を見て、銀蔵は、

──こいつがからんでいたか。

と、思わず膝を叩《たた》いた。一昨日の晩、「クジラさま」と呼んでいたのも納得した。通り名を「クジラの八蔵《はちぞう》」。半農半漁ではなく、半分やくざ、半分漁師。昔、金杉のほうでずいぶんデカい顔をしていた悪たれだった。銀蔵は当時、すでに岡っ引きではなかったが、金杉のほうで大々的なネズミ講が行われ、その首謀者の一人として、江戸所払いをくらっていたはずである。

身体が大きいくせに、細かい知恵も回り、小銭を取るような詐欺もずいぶんやっていたものだった。こいつが、今度の詐欺を企てたのだろう。

──なるほどな。

ようやく全貌《ぜんぼう》が見えてきた。ただ、平太がなぜ殺されたのかはわからない。

皆は次々に箱の前で手を合わせ、下に開いた穴へ、賽銭《さいせん》を入れたりしている。

やがて銀蔵が拝む番が来た。

「新しい信者かな」

「へい」

箱の前に行こうとして、緊張のあまり思わずよろめいたというように、

「おっとっと」

箱に手を着き横倒しにすると、なかから木像らしきものが転がり出た。

「このバチ当たりが」

八蔵は、喚《わめ》きながら、慌ててその木像を箱のなかへ入れた。

だが、銀蔵はその御神体をしっかり見てしまった。

九

平太は、宇賀神さまというので、てっきり村の氏神さまだったあの神さまと思い込み、信仰を始めたに違いない。

宇賀神舟にも寄進していた。

ところが、あの日、なにかのはずみで、この御神体を見てしまったのではないか。この御神体は、身体はヘビではなく、ウツボだった。しかも、お顔は弁天さまではなく、仁王さまになっていた。

「これは違う」

と、生真面目な平太は、さぞかし大騒ぎしたに違いない。

もともと、でっちあげの又聞きでつくった宇賀神さまだったが、そこへ本物の宇賀神さまを知っている平太が現われたものだから、クジラの八蔵も慌てただろう。せっかく軌道に乗りつつあったインチキ神さまも、正体を暴かれてしまう。

それで、平太を殺したのだった。

「これは違う！」

銀蔵は大声を上げた。

皆、いっせいにこっちを向いた。

「なんだ、きさま？」

クジラの八蔵が吠《ほ》えた。

「こんな宇賀神さまは贋物《にせもの》だ」

「贋物だと」

「ああ。本物はヘビの身体に弁天さまのお顔なんだ。これは、ウツボに仁王じゃねえか。おれは、平太に聞いたんだ。平太は、昔から、宇賀神さまの信者だったんだ」

「平太だと？　誰だ、それは？」

「お前たちが殺した若者だろうが」

「え」

「神妙にしやがれ」

「こいつ、宇賀神さまを冒瀆《ぼうとく》しおったぞ。宇賀神さまを信じるなら、こんなやつは生贄《いけにえ》にしてしまえ！」

八蔵が喚いた。

「まったくだ」

「クジラさまの言うとおりだ」

信者たちがいっせいに立ち上がり、凄《すご》い形相で銀蔵を睨《にら》んだ。これだけの数を相手にするとなると、勝ち目は薄い。

すると、そこへ、

「待て。北町奉行所だ！」

十四郎が飛び込んで来た。

いっしょにいるのは、中間一人だけである。

――一人だけ？

内心、落胆した。クジラの八蔵だけでも、暴れ出したら、押さえ込むのに三人では足りなくなるかもしれない。

だが、ここで気後れしてはいけない。

「クジラがなんだ。宇賀神がなんだ。おいらは、寿司屋の銀蔵と言われる、ちょいと知られた岡っ引きだ」

銀蔵が名乗ると、あちこちから、

「寿司銀だ」

「ほんとだ。寿司銀の親分だ」

という声が聞こえた。

「おめえたち、この、江戸所払いになっているやくざと、でたらめ宇賀神に騙《だま》されてるんだぜ。いまごろ、裏からさっきの宇賀神さまが、慌てて逃げ出しているはずだぞ」

銀蔵の言葉に、信者の一人が後ろの襖《ふすま》を開けると、ちょうどさっきの宇賀神さまが、薄衣に浴衣《ゆかた》を羽織って、逃げ出すところだった。

「ほら、嘘だと思うなら、あの宇賀神さまに抱きついてみろ。まぎれもねえ、ムチムチした人間の女だ」

銀蔵の言葉に、若い男たちがいっせいに追いかけ始めた。

「糞《くそ》っ。こうなりゃ腕ずくだ」

八蔵が、銀蔵に摑《つか》みかかってきた。

銀蔵はすばやくその指先を握ると、ひょいとねじり上げた。

「痛てて」

「この指をこうして」

と、背中のほうへ回しながら、もう一方の指先を八蔵の鼻の穴へ差し込み、屈《かが》み込むようにすると、八蔵の身体はくるりとひっくり返った。

そのときには、十四郎の十手が八蔵の額につけられ、

「神妙にせい」

若々しい声が、部屋いっぱいに響き渡った。

第四話　ワサビの気持ち

一

銀蔵と谷崎十四郎は、霊岸島《れいがんじま》の銀町《しろがねちょう》二丁目にある一軒家に来ている。昼過ぎの八つ半（午後三時）くらいに東西の堀留《ほりどめ》川沿いを歩いていると、小船町《こぶなちょう》の番屋で呼び止められ、

「殺しです。すぐに向かうようにとのことです」

と、伝えられたのだった。

銀蔵は、この数日、江戸を襲った猛暑にうんざりし、とくに大きなできごとがなかったせいもあって、すっかりだらけきっていたが、いっきに身体がしゃきっとなった気がした。

「男か、女か？」

銀蔵は訊《き》いた。

「男みたいです」

いささか落胆した。できれば、女が毒殺されたほうがよかった。このクソ暑いときに、血みどろの男の遺体など見たくない。

見つけたのは、通いの飯炊き婆さんで、洗濯をするのに昼過ぎに来てみると、あるじが死んでいたという。

汗を拭《ふ》き拭き銀蔵と十四郎が駆けつけたときには、すでに奉行所のほうから、検死役の市川一勘が到着していて、

「婆さんが見つけたのは、おそらく殺されたばかりのときだったろうな。おいらが来たときも、まだ身体が温かかったよ」

と、言った。

「首を絞められたんですか？」

銀蔵が遺体の顔を見ながら訊いた。血みどろでなくて、まだありがたかった。

「ああ。押しつぶすようにして、締めたんだろうな。こんなに指の跡が残っちまってるよ」

「よほど恨みでもあったんですかね」

「あるいは、よほどの馬鹿力だったかだな」

と、市川は言った。

銀蔵はざっと部屋を見回した。荒らされたようすはない。玄関の上がり口には戸があり、開けたところがこの八畳間。遺体は部屋の真ん中に倒れていた。裏に六畳間と、小さな台所。それと二階に上がる急な階段が見えている。

十四郎が茶箪笥《ちゃだんす》の引き出しを開けた。

「ほう、金は残っているな」

と、小判を二枚、持ち上げて、銀蔵に見せ、

「物盗《と》りじゃねえってことか」

「いや。物盗りじゃねえと見せかけるのに、八両盗って、二両残したのかもしれませんよ」

「そんなこと、あるか？」

「ないですね」

と、銀蔵は笑った。盗むからには、一両でも多く、有り金ぜんぶ奪おうとする。

銀町の番屋から町役人が来ていたので、

「身元はわかってるのか？」

と、十四郎が訊いた。

「小伝馬町に、〈奇仙堂《きせんどう》〉という版元がありますでしょう」

「ああ、大きな店だよな」

銀蔵もその店は知っている。戯作《げさく》だけでなく、堅苦しい書物を出したり、近ごろは西洋関連の書物も並べていた。

「そこのせがれで、想十郎《そうじゅうろう》さんといいました」

「まだ、若いな？」

「二十五だったと思います」

若いが、訊《たず》ねた十四郎のほうはもっと若い。

「ここにはほかに誰かいるんだろう？」

「いえ、一人暮らしです」

「女でもいそうだけどな」

十四郎の言葉に棘《とげ》を感じたので、銀蔵は思わず、十四郎の顔を見た。銀蔵が見るには、この家に女の匂いはほとんどしない。

「あたしは見てませんね」

と、町役人は言った。

「奇仙堂の跡継ぎじゃないのかい？」

「じゃないみたいです。兄貴が跡を継ぐことになっていて、この人はたぶん次男坊です」

「それが、こんな一軒家で、悠々と一人暮らしかい？」

十四郎は文句でも言うように言った。

窓の造りや、部屋のしきりの欄間など、どこを見てもさりげなく洒落《しゃれ》た家で、四、五坪ほどだが庭もついている。この部屋からも、広々とした大川《おおかわ》の河口と、越前福井藩《えちぜんふくい》の中屋敷の鬱蒼《うっそう》とした森が見えている。なんとも贅沢《ぜいたく》な景色ではないか。

確かに、八丁堀の同心の家より、こぎれいで、快適そうである。

「事情はわかりませんが、いま、呼びに行ってますので、まもなく家の者が誰か来ると思いますよ」

町役人は、修羅場は見たくないというように、顔をしかめて言った。

二

「まあ、おっつけ家の者は来るだろうが、それより銀蔵、そいつが気になるよな」

と、市川が言った。

顎《あご》でしゃくって示したのは、遺体の前にお膳《ぜん》があり、その上に置かれたすしの包みである。経木が半分開いていて、中身も見えている。

「ええ、そりゃあ気になりますよ」

と、銀蔵は苦笑した。

すしは五貫あって、一つ分の隙間が空いている。残っているのが、車エビに、コハダ、タイ、そして卵焼きである。おそらく、マグロのヅケが食べられてしまったのだろう。かつては下魚とされたマグロが、いまや握りずしの看板役者のようになっている。

「誰か来ていて、すしを土産に持ってきたのか」

と、十四郎が言い、

「あるいは、客に食べさせるため、想十郎が買って来たのか」

銀蔵が言った。

「まさか、すしだけじゃ、どこのすし屋で買ったのか、わからねえよな？」

十四郎が訊くと、

「いや、わかると思います」

そう言って、銀蔵はネタをじっくり眺め、すしの匂いを嗅《か》いだ。

「この握りの大きさ、コハダに入れた切り込み、卵焼きの厚さ、それと甘い匂いが強いシャリの具合からして、新川《しんかわ》沿いにある〈富士鮨《ふじずし》〉だと思います」

そう言うと、部屋にいた一同が、

「ほーっ」

と、感心した。

「ただ、おかしなことがあるんですよ」

銀蔵は小首をかしげた。

「なんだ？」

「タイのネタの下にワサビが透けてますでしょう。このワサビの量は尋常じゃありません。ちっと、めくってみますぜ」

銀蔵がタイのネタを持ち上げると、ワサビがべったり塗られていた。

さらに、ほかのもめくって、

「車エビも、コハダもです。さすがに、卵焼きにはつけてませんがね」

「富士鮨では、こんなにつけねえのか？」

「どこのすし屋でも、こんなにつけたりしませんよ」

「これはさぞかし、鼻につんときていたでしょうね」

「もしかして、それで怒ったのか？」

「だからといって、首を絞めるまではしないでしょう」

「だよな」

と、十四郎はうなずき、

「食ってみるか？」

「毒かもしれませんよ」

「え？」

「いや、毒を食わせるなら、わざわざ首なんか絞めませんよ。あっしも食ってみましょう」

と、コハダのすしをつまんだ。

このころのすしは、かなり大きくて、三貫も食べればかなり腹が満たされる。だが、富士鮨のすしは、銀寿司同様、いくぶん小さめに握られていた。

ワサビは時が経つにつれ、辛味は抜けていくが、それでも鼻につんとくる。

十四郎は車エビをつまんだが、口に入れるとしばらくして、

「うっ、うっ。くるなあ」

と、手刀で首の後ろをとんとんと叩《たた》いた。

「ええ、きますね。やっぱり、これは変ですよ」

と、銀蔵は首をかしげた。

三

と、そこへ、

「奇仙堂の若旦那《だんな》をお連れしました」

と、番太郎が入って来た。

その後ろから顔を見せたのは、歳はまだ三十くらい、遺体と違って小太りの体形をしている。

若旦那は一目見て、

「ああ、なんてこった」

と、遺体のわきに座り込み、しばらく肩を震わせた。

十四郎が銀蔵を見て、

「お前が訊《き》いてくれ」

というように首を振った。

こんな役は誰だってやりたくないのだが、

「ちっと話を聞かせてもらいてえんだ」

と、銀蔵は言った。

「はい」

「あんたは？」

「この想十郎の兄で、小伝馬町で奇仙堂という版元をしています春右衛門《はるえもん》といいます」

「弟さんは、首を絞められて亡くなった。それも、かなり強くな。しかも、金を漁《あさ》った形跡はねえ。となると、恨みを買ったと考えるのが妥当なんだ」

「恨みですか……」

「心当たりはねえかい？」

「ありません。弟は、昔から気のやさしい男で、誰かと喧嘩沙汰《けんかざた》になったなんてことは、一度だってありませんでした」

「じゃあ、どういうわけで、殺されるほどの恨みを買ったんだろうな？」

「さあ」

「女の恨みはどうだい？」

「そっちのほうもとくには」

「二十五だったそうだな。縁談などはなかったのかい？」

「女房をもらっても、まだ、食わせていけませんから」

「ここで商売をしていたわけじゃねえよな？」

「いいえ。想十郎は絵師の卵でして」

「絵師なのか？」

それは思ってもみなかった。

「西洋画を描きたいと、ここで勉強していたのです」

「ここで？」

「いつも二階で描いていたはずです」

「そうか、二階か」

まだ二階には上がっていなかった。

「行ってみましょう」

銀蔵と十四郎は、急な階段を、手すりに摑《つか》まりながら二階に上がった。下りるときは踏み外しそうである。

「ははあ」

と、銀蔵は納得し、同時に少し呆《あき》れた。

二階は十畳ほどの広さで、三方に窓がつくられ、一階も景色がよかったが、ここからだと大川の流れは、さらに雄大に見えている。ただ、日差しがもろに差し込んでいるので、葭簀《よしず》が下げてあってもかなり暑い。

一階は片付いていたが、ここはかなり乱雑である。

大きな机には、絵の道具が並べられ、座布団の周辺には描き損じのほか、西洋の絵手本みたいな書物も散らばっている。壁にも、表装をしていない多くの絵が貼られていた。

「絵は売れてるのかい？」

後から上がって来ていた兄の春右衛門に、十四郎が訊いた。

「とんでもない」

「駆け出しってとこか？」

「駆け出しにも至りません。まだ、修業を始めたばかりでしてね。師匠も見つかってなかったはずです」

「でも、腕が上がれば、あんたのところで売ってやることもできたわな」

「いちおう、できるだけの支援はするつもりでしたが」

十四郎は、壁に貼られた絵を一通り眺め、

「景色の絵もあれば、美人画みたいなやつもあるな」

と、言った。

「ええ。ほんとは、西洋の絵の具を使いたかったのでしょうが、なにせまだ、使い方もわからないくらいですから」

「それでも、ふつうの絵とは、なんとなく色の感じが違うよな」

「そうでしょうね」

「もともと絵師志望だったのかい？」

「そうじゃなくて、当初は西洋の学問がしたかったのです。それが、向こうの書物で西洋画を見たのがきっかけで、すっかり虜《とりこ》になっちまったみたいです」

「ふうん。そうなのか」

十四郎は、もう一度部屋を見たあと、

「とりあえず、ここらでいろいろ訊き込んでみるか」

と、階下に行くことにした。

四

この暑さなので、いつまでも遺体は置いておけない。

奇仙堂の家は、代々、火葬にしているとのことで、ここから寺のほうへ運んでもらうことにした。それまで、市川がいてくれるというので、十四郎と銀蔵は外に出た。

大川のそばだというのに、家のなかに風はまるで入って来ておらず、扇子で絶えず胸元に風を入れないと、暑くて頭がぼんやりしてくる。

「旦那。あっしはどうも、あのすしが気になるんで、確かめておきたいんですが」

「富士鮨に行くのか？」

「その前に、ここの台所を見ます」

と、台所へ行き、調理場の周囲を丹念に見た。

「おろし金はないですね」

「ああ。ワサビをおろすのに要るわな」

「ワサビの摩《す》り残しも見当たりません」

「ということは……」

「ここにすしが来たときは、すでに塗られてあったんでしょう。じゃあ、あっしは富士鮨で訊いてきます」

「おいらもいっしょに行くよ」

と、二人は新川沿いのすし屋・富士鮨に向かった。

「そこですね」

一ノ橋《いちのはし》の近くの店である。

「流行《はや》ってるな」

富士鮨は、持ち帰り用のすしを売る店で、客席などはない。間口は一間半（二・七メートル）と小さいが、客が五人ほど列をつくっていた。

「とりあえず、あそこにあったすしと同じものを買って、ほんとにここのすしだったのか確かめましょう」

「なるほど」

銀蔵は、売り子にマグロのヅケと、車エビ、コハダ、タイ、そして卵焼きの五つを包んでもらった。値段は一貫十二文だが、卵焼きだけが二十二文と高い。そもそも江戸は卵の値段が高いので、これは仕方がない。

合計で七十文（およそ千四百円）を払った。

すしの値段というのは、誕生以来、乱高下している。握りずしが誕生し、急に人気が高まったころは、一貫四文ほどだったのが、ネタによっては一貫五、六十文もするものまで現われた。

いっきに贅沢《ぜいたく》な食べ物になったため、天保《てんぽう》の改革のときに槍玉《やりだま》に上げられ、高いすしを売る店の主人が手鎖の刑を受けたり、営業停止になったりした。

このとき、すしの値も、四文から八文と決められ、しばらくはこの値段がつづいた。

だが、ペルリの来航があり、それから横浜の港が開かれると、物価は上がり出し、すしの値段も徐々に上がってきていた。いまは、店によって、ずいぶん違ってしまっている。

このすしを新川の一ノ橋のたもとに腰かけて、広げてみる。

「お、同じだな。やっぱり、ここのすしだったんだな」

と、十四郎は言った。

「でも、ワサビの量はあんなに多くねえでしょう」

「そうだな」

「旦那《だんな》。勿体《もったい》ねえんで食っちまいましょう」

「そりゃあいい」

「あっしは一つで充分ですので、十四郎さんがあまりお好きじゃないのをいただきますよ」

「すしで嫌いなものなんかあるわけねえ。でも、さっき車エビを食ったから」

「じゃあ、車エビはあっしがいただきます」

と、二人でお茶も飲まずにすしを平らげたあと、富士鮨の前にもどり、

「ちっと、あるじに訊《き》きてえことがあるんだ」

銀蔵は十手をちらつかせた。

売り子の若い娘は慌てて奥に飛んで行くと、すぐにあるじが出て来て、

「おや、銀寿司の親分」

と、屈託ない笑顔を見せた。すし屋仲間には、銀蔵が岡っ引きに復帰したことは、たちまち広まってしまったらしい。

「繁盛でけっこうだ」

「銀寿司にはかないませんよ」

「ところで、今日の昼前なんだが、ここですし五貫を買って行った男がいるはずな

んだ」

「五貫……うちじゃ五貫か七貫という客がいちばん多いんですよ」

「今日は、何人くらい来たんだ？」

「そうですねえ。昼前に開けて……」

と、売り子の娘を見て、

「五十人くらいか？」

あるじの問いに、

「それくらいです」

売り子の娘はうなずいた。

「客の顔なんか覚えちゃいねえか？」

「お得意さまは覚えてますが」

「そいつがここで買ったすしは、ワサビがふつうの五倍くらい塗ってあったんだ」

銀蔵がそう言うと、

「親分。そんなすしは、うちじゃ売ってませんよ。ほかのすし屋を当たってみてくださいよ」

あるじが憮然《ぶぜん》として言った。

「だよな。じつは殺しの調べでな」

「殺し……」

「遺体のわきに、ワサビをたっぷり塗ったすしがあったってわけよ。しかも、ここで買ったすしだというのは間違いねえんだ」

「え……それで、あっしをお疑いで？」

あるじの目が見開かれた。

「いや、そういうんじゃねえんだ。変な話なんだよ。なにか、思い出したことがあったら、銀町の番屋に伝えといてくれ」

銀蔵はそう言って、二人は富士鮨を後にした。

「では、あのワサビはどうしたんですかね」

やはり気になる。

「だが、ワサビが殺しに関係あるのか？」

十四郎は、たかだかワサビのことでも言いたいらしい。

「まあ、いちおう気にしときましょう」

銀蔵も確信はないのだ。

五

想十郎の家を訪ねて来た者を見なかったか？　逆に、出て行った者を見ていないか？　この通りで怪しげな男を見かけなかったか？

そんな問いを、この界隈《かいわい》で訊いて回ったが、皆、首を横に振るばかりだった。だいたい、この暑さでは、目に入ったものを頭にとどめておくことすら、できなくなっていたのだろう。

遺体を見つけた婆さんにも、もう一度、話を訊くのに、近くの長屋を訪ねた。

「あたしは、毎朝、飯炊きに行くのと、三日に一度、洗濯をしに行くだけで、あとはほとんどあそこにいないんですよ。ですから、お客があったかどうかも、わからないんです」

「そうなのか」

「ただ、いっぺんだけ、お香みたいないい匂いがしていたときがありました」

「いい匂い？」

銀蔵は十四郎と顔を見合わせ、

「玄関に女の履き物はなかったかい？」

「さあ。あたしは、裏口から入るだけで、玄関のほうには行きませんので」

「そうかあ」

「でも、女を連れ込むようなお人じゃなかったですよ、あの旦那さまは」

「なんでそう思ったんだ？」

「だって、いかにも照れ屋で、なにを言うにも恥ずかしそうになさるだけで、あれじゃあ、いまどきの若い娘は口説けなかったでしょう」

　婆さんは、同情でもするみたいに言った。

　手がかりらしきことはそれだけで、二人は婆さんの長屋を後にした。

「こうなると、ワサビの線くらいしか、探る手立てはありませんね」

　銀蔵は言った。

「ワサビを売っているのは、八百屋か？」

「いやあ、ワサビなんてものは、高いものですからね。そこらの八百屋じゃ置いてませんよ。あっしらは、神田のやっちゃばで仕入れてますがね」

「やっちゃばに行ってもしょうがねえだろう」

「おっと、肝心なことを見逃すところでした」

銀蔵の目が光った。

「なんだ？」

「ワサビを使うのは、すし屋だけじゃありません」

「料亭か？」

「料亭でも使いますが、もっと手軽に手に入れられるところが」

「どこだよ？」

「そば屋でも出すでしょう。ざるそばに、ネギとワサビは付き物ですぜ」

「確かに！」

十四郎は手を叩《たた》いた。

すし屋からこの家に来る途中、そば屋があった。近ごろは、すし屋に押され気味だが、それでもそばは、江戸っ子にはなくてはならない食いものである。

のれんには、〈新川砂場〉とある。

のれんをくぐると、いまは暇なときで、あるじらしき男が一服しているところだった。

「ちっと訊きてえんだが、今日ここに、すしにワサビを塗ってくれと頼みに来た男はいなかったかい？」

「ああ、いました」

「いたか！」

「すしにたっぷり塗ってくれと頼まれたんです」

「なんのためと言っていた？」

「それは言わなかったです。こっちも忙しいときでしたので、そこのワサビを塗っていきなと、勝手にやらせたんですがね」

「常連なのか？」

「ええ。確か、そっちの大川端あたりに住んでいるはずですよ」

想十郎が来たのだ。富士鮨ですしを買い、ここでワサビをしこたま塗ったくったのだ。

「殺されたんだよ」

と、銀蔵は告げた。

「殺された！　なんてこった。まさか、すしが辛過ぎたからですか？」

あるじは怯《おび》えたように訊《き》いた。

「それはねえと思うがな。どんなようすだったんだ？」

「いやあ、ようすまではねえ。ただ、おとなしい人なのに、妙な注文をするもんだとは思ったんですがね」

「しょっちゅう来てたんだな？」

「来てました。ただ、昼はあまり来なかったですね。たいがい、夜、それもだいぶ遅くなってからでしたよ」

腹がすくまで絵を描くことに熱中していたのかもしれない。

「一人でか？」

「ええ。いつも、一人で……そういえば、この前、いっぺんだけ、きれいな女の人といっしょに来てましたね。そんときは昼間でしたね」

「きれいな女……？」

銀蔵は十四郎を見て、

「そういえば、女の絵があったたな。あれも、いい女だったたんじゃねえか」

「ええ。あの女ですかね」

急いで想十郎の家に、絵を確かめに行くことにした。

六

遺体はすでに運び出されていた。市川も奉行所にもどったらしい。中間が一人、留守番をしているだけだった。

「二階には誰も上がってないな？」

十四郎が中間に訊いた。

「はい。誰も」

「これからも、上がらせないでくれ」

これには、いい処置だと言うように、銀蔵はうなずいた。

二人は二階に上がった。

改めてみると、描きかけの絵がいっぱいある。何百枚あるのか。紙も、浮世絵などの紙とは、触った感じが違う。それらを二人でめくっていき、

「これだ」

十四郎が見つけた。

大判（三九×二七センチ）の紙いっぱいに女の顔が描かれている。たぶん、実物に近い大きさではないか。

背景はなにもない。顔だけである。着物は襟元がわずかに描かれているだけ。

「なんか、変な絵だな」

と、十四郎は言った。

筆ではない。木炭で描いたみたいである。

描き方も、銀蔵がふだん見る絵のようではない。何度もなぞったみたいで、墨で描いたのと違い、全体がぼんやりしている。だが、こっちのほうが、生身の女に近い顔になっている。

「十四郎さん。これがたぶん、西洋ふうの絵なんでしょうね」

「だろうな」

「浮世絵の女は、どれも似た顔になってますが、西洋の絵は、そっくりの似せ絵にすると聞きますからね」

「ああ、おいらも、友だちのところで、こんな感じの絵を見せてもらったよ。そいつも洋学かぶれで、長崎に行って、まだもどって来ねえよ」

いま、武士や町人に限らず、若い連中は西洋の文物や学問などに、多大な興味を持っているのだ。横浜にも、たえず見物人が押し寄せていると、ポワンも言っていた。

「あ、これも同じ女みたいですね」

今度は銀蔵が見つけた。

「向きは違うけどな」

さっきのは左斜めを見ていたが、こちらは右斜めである。

また、あった。

「あ、こっちは正面を向いてますね」

「ちっと横を向いたほうが、きれいだな」

ほかの絵もだいたい見終わって、

「女の絵はこれだけみたいですね」

「ああ、あとはほとんど、景色と草花だな」

「なんで、この女だけ、三枚も描いたんでしょう?」

「惚《ほ》れてたのかね」

「そんな気もしますね」

なんとなく、女を慈しみながら描いたようにも見える。

「三枚あるのは、いろいろ試し描きして、いちばんよく見えるのを清書するんじゃねえのか」

「そうでしょうね」

「武家の女じゃねえよな」

「髷《まげ》の崩し方を見ても、町人の娘でしょうね」

「これを持って行って、そば屋のおやじに確かめるか？」

「そうしましょう」

いちおう三枚とも持って行くことにした。

「でも、写真を撮るときも、こんなふうにするのかな」

と、十四郎がなにか思いついたみたいに言った。

「写真てえと、あの、そのまんまの顔が出るやつ？」

「ああ。あれも撮るときは、皆、いろんな恰好《かっこう》をしてるだろ」

「あっしは、噂に聞くだけで、実物は見たことないんですよ」

「おいらは、剣術の師匠が撮ったやつを見せてもらったよ」

「へえ」

「あれはたいしたもんだ」

「そうですか」

「おいらも撮ってもらいてえと思ってるんだがな」

「写真を？　魂を抜かれると聞きましたぜ」

「師匠、ピンピンしてるよ」

「真ん中で写されると死ぬって」

「師匠、真ん中で写ってたよ」

「そうですか」

「ただ、バカ高いらしくてな」

「でしょうね」

　つい、話が逸《そ》れてしまった。

「ところで、十四郎さん。これを見てください」

　十四郎と話をしながら、銀蔵はほかの絵もざっと眺めていた。そのなかに気になる絵があったのだ。

「永代橋《えいたいばし》だな」

「ええ。永代橋を描いた絵が何枚もありますでしょう」

　並べると、五枚ある。

「ほんとだ。どれも永代橋だ」

「ほかに、そんな景色はありませんよ」

「ああ。新大橋《しんおおはし》は描いてないみたいだな」

　橋が描きたいなら、新大橋は外さないだろう。雨の光景を描いた歌川広重《うたがわひろしげ》の名画もあるくらいである。

「永代橋は、ここから見て描いたんじゃないですよね」

「だいたい、ここから永代橋は、前の家が邪魔して見えねえぞ」

「そうですね。しかも、これはこっちから見た永代橋じゃねえ。深川のほうから見て描いたものでしょう」

「確かにそうだな」

「これだけ、向こう岸にいて、絵を描いていたら、誰かは見てたでしょうね」

「それは見てただろうが」

「ちっと、そば屋のあとで、この絵も持って、永代橋の向こうに行ってみませんか？」

「行くのはいいが、なにか手がかりが見つかるかね」

「ま、いろいろやるしかないんですよ」

千に三つ、手がかりに当たれば、岡っ引きはめっけものなのである。

七

二人はさっきの新川砂場に行った。

絵を見せるとすぐ、

「あ、この女でした。切れ長で大きな目。この、鼻筋の通ったところ。間違いありません。いい女でしょ」

おやじは、自分の妾《めかけ》でも自慢しているように言った。

「やっぱり、そうか」

と、十四郎はうなずいた。

「もしかして、この絵は、あの人が描いたんですか？」

「そうだよ」

「へえ」

と、あるじは改めて絵に見入ってから、

「ただ、この絵の女は眉《まゆ》がありますが、あのときの女は、眉を落としてましたぜ」

「え？」

「確か鉄漿《おはぐろ》もしてたと思います」

「娘ではなく、人妻かよ」

十四郎はがっかりしたように、銀蔵を見た。

「どういうことでしょうね？」

銀蔵も混乱した。人妻を嫁入り前の娘のように描いたのか。

「初恋の人が、人妻になっちまったのかな。それで、昔を思い出すように描いたりして」

十四郎は、花びらを浮かべたお汁粉みたいな想像をした。

「ま、それはともかく、次は深川に行ってみましょう」

二人は永代橋を足早に渡った。暮れ六つ（午後六時）が近づきつつある。橋の上を吹く川風は、だいぶ涼しくなっていた。これだと今夜は、ぐっすり眠れそうである。

「こっちでしょう」

絵に描かれた橋の角度からすると、上流のほうから見ている。

「ほら、このあたりですよ」

西に陽が沈むところも描いているし、本願寺の屋根も見える。まもなく、この絵と同じような光景が広がるはずである。

「なんだか、こっちから見たほうがきれいですね」

「ほんとだな」

銀蔵は、絵を見せて、近所の店の者に訊《き》いてみた。

「そこで、この絵を描いていた男を見てないかい？」

「ああ、いましたね」

「いつごろだい？」

「ひと月くらい前でしたかね」

「女はいなかったかい？」

「女は見ませんでしたね」

同じような問いを何軒かの店ですると、何人もの連中が想十郎は見ていたが、女は見なかったと答えた。

「なんで、女がここにいたと思うんだ？」

十四郎は銀蔵に訊いた。

「もしかしたら、ここで景色を描いていた想十郎に、女が自分の絵を描いてくれと頼んだのではないかと思いましてね」

「そうか。初恋の女より、そっちのほうがあり得るか」

十四郎はいささか悔しげに言った。

八

夜になって――。

銀蔵と十四郎は、今日もおけいの店にやって来た。これで五日連続ではないか。

「なんか、ここに来ると落ち着くんだよな」

十四郎は、五十過ぎの職人みたいなことを言った。そんなことを言うやつは、たいがい店の女に下心があるのだが、

――まさか、十四郎も？

と、銀蔵は十四郎の横顔を窺《うかが》った。

「十四郎さん。一人だと寂しいんじゃないですか？」

「そんなことはない。説教されない分、むしろ気楽なもんだよ」

だいぶ前から、フランス軍人のポワンと、通詞の小田部も来ていたらしく、二人とも顔がかなり赤くなっている。

いいマグロがあるというので、それを頼むと、ワサビ醬油《じょうゆ》とともに出された。

「お、ワサビか」

十四郎は嬉《うれ》しそうに言った。

「ワサビがどうかしたんですか？」

おけいが訊いた。

「うん、まあな」

十四郎は、言いたいが我慢したらしい。まだ、ほんとにワサビと殺しがつながるのか、なんの証拠も出ていない。

「それより、ワサビってえのは、昔から食われていたのかね？」

十四郎は訊いたが、銀蔵も知らない。

じつは、わが国固有の植物であるワサビの歴史は古く、平安《へいあん》時代の貴族たちも、これを珍重していたくらいである。握りずしとワサビの結びつきも最初からで、元祖とされる華屋与兵衛《はなやよへえ》もワサビを使っていて、

　与兵衛すしつけるわさびの口薬鉄砲巻きの好むもののふ

などという狂歌もつくられている。

「歴史は知りませんが、あっしらすし職人のあいだでは、ワサビは、摩《す》ると思うな、

練ると思えという格言があるくらいでしてね」

と、銀蔵は言った。

「どういう意味です？」

おけいが訊いた。

「おろすときはな、目の細かいおろし金を使って、すばやくおろすんだが、このときに力を込め過ぎては駄目なんだ。ワサビとおろし金をくっつけ過ぎずに、回すようにしておろすわけさ。こうすると、ねっとりして、なめらかなワサビになるってわけだ」

「へえ」

「ただ、逆に、粗い目のおろし金を使って、いっきにおろしたあとで、包丁の背で叩《たた》くというやり方もある。こっちだと、香りは引き立つんだよ。ただ、ツンとくる、ワサビらしさは、やっぱり細かい目のほうでおろしたほうがいいな」

銀蔵の言ったことに、

「ワサビを摩るのも面倒臭いんだな」

と、十四郎が感心した。

「面倒臭いことをきちんとやるかやらないかが、腕の分かれ目なんですよ」

「なるほど、そりゃあ町方同心の仕事も同じだよな」

　と、十四郎は感心した。

「それに、摩るだけじゃありませんぜ。ワサビってのは、おろしてすぐに使っちゃ駄目なんです。器に入れ、しばらく蓋《ふた》をして、うっちゃっておくんです。そうしないと、苦いだけの、風味に乏しいワサビになっちまうんです」

「あら、あたし、摩ってすぐ使ったりしてた。気をつけなくちゃ」

　と、おけいは指で頭を叩いた。

　このやりとりを、すべて小田部がポワンに訳してあげていたらしく、

「凄《スゴ》イネエ、銀蔵サン。デモ、日本ノわさびハ、素晴ラシィデス」

　と、ポワンは言った。

「フランスにワサビはないのかい？」

　銀蔵が訊いた。

「ないそうです。もちろん、似たような辛いものはあって、料理にも使われますが、まったく別物みたいですよ」

「そうなのか。どこの国の人も、刺身にはワサビをつけて食うものと思っていたよ」

「いやいや。だいたい、フランスじゃ、生の魚は食わないみたいですよ」

「へえ。フランスの魚は、よっぽど活《い》きが悪いんだな」

と、銀蔵は笑った。

「ポワンさんは、ワサビは見た目も素晴らしいと言ってます。緑色が爽《さわ》やかだと」

「フランスの辛子は緑色じゃねえのか？　ははあ、赤いんだろう？」

「いや、唐辛子とは別で、黄色いんだそうです」

「黄色いのかよ」

「それで、ワサビの、つんと鼻に抜けるところが、また、いいそうです。頭がすっきりすると言ってます」

「頭がすっきり……」

その言葉で、銀蔵は思い出したことがあった。

「そういえば、ワサビを食べると、憑《つ》きものが落ちるという言い伝えがあると、聞いたことがありますよ」

銀蔵は十四郎に言った。

「憑きものが落ちる……」

銀蔵は箸《はし》の先でワサビを取り、これをそのまま口に入れて、鼻から頭になにかが駆け抜けたような顔をしたあと、

「たぶん、それですね」

と、言った。

「なにが、それなんだ？」

「いえね、ワサビの話と、そっくりの女の絵がつながるかもしれません」

「どうなれば、つながるんだよ」

十四郎は、さっぱり見当がつかないらしい。

九

翌日――。

銀蔵と十四郎は、いちおう小伝馬町の奇仙堂に行き、あるじの春右衛門や番頭たちに、絵の女には見覚えがないことを確かめた。想十郎の初恋の女という線も、もしかしたらあったかもしれないのだ。弟の初恋の女なら、身近にいた者は見知っていたはずである。

銀蔵はさらに、

「それで、想十郎さんは、ワサビを食うと、憑きものが落ちるとかいう話を信じていたってことはないかね」

と、春右衛門に訊《き》いてみた。

「ああ。うちで、食いものの効能についての書物を出したことがありましてね」

「ほう」

「これを食うと、こんな病に効く、こんな効能がある、というのが、すぐに調べられるような書物なんです。これがよく売れたのですが、この書物の校閲などを、想十郎に手伝わせたことがありました」

「それにはワサビも？」

「もちろん載せてました。憑きものが落ちるという言い伝えがあることも書いてありました。ちょっと待ってください」

春右衛門は、当の書物を棚から一部取り、ぱらぱらとめくったあと、

「ほら、ここに」

と、ワサビの効用について書いた一節を指差した。かなり分厚い、絵入りの立派な書物である。

「なるほどな。これで、だいたい見えてきたよ」

「親分さん。下手人は？」

「もちろん捕まえるさ」

銀蔵は力強くうなずき、それから、二人は深川に向かった。

永代橋を渡り切ったところで、

「あっしはやっぱり、ここが想十郎と女が結びついたところだと思うんです。それで、ここからは足で稼がなきゃなりません。旦那《だんな》は、番屋で休んでいてくれて構いませんよ」

と、銀蔵は言った。

「馬鹿言え。そんなことしてるとおやじに知られたら、張り倒されるよ」

「そうですか。じゃあ、いっしょに回りましょう」

とりあえず、深川の番屋を回った。

「この絵に似た女を知らないか？」

そのまま見せたあと、眉《まゆ》を紙で隠して見せたりもした。もしかしたら、人妻になる前の女を知っているかもしれない。

だが、知っている者は見つからない。

今日も朝から蒸している。半刻《はんとき》（およそ一時間）ほど歩き回ったら、もう汗びっしょりである。いったん、永代橋たもとの水茶屋《みずぢゃや》に腰かけて休息すると、

「なあ、銀蔵。お前は、こう考えているのか？」

と、十四郎が訊いてきた。

「どんな考えです？」

「想十郎は、ここで女に自分の顔を描いてくれないかと頼まれた。たぶん、想十郎にとっては、絵師としての初めての依頼だった」

「いいですねえ」

「それで、何日かかったかはわからねえが、想十郎は女と差し向かいで、西洋ふうの似せ絵を描いた。ところが、絵師と描かれた女というのは、おいらが想像するに、だいたいただならぬ仲になっちまうんだ」

「そうなのですか？」

「そりゃあ、そうだろう。相手は、絵に描いたようないい女だ。いまは人妻だけれど、ついこの前までの、娘だったころの面影も宿している。それを見つづけていたら、どうしたって恋慕の情が湧いてくるのが、人情ってもんだろうよ」

「へえ」

「ところが、絵師てえのは、絵を描き終えると、女に興味がなくなっちまうんだ。よくよく考えたら、女は人の妻だ。面倒なことになるのは嫌だとばかり、冷たくした。当然、女は恨むわな。捨てないで。勘弁してくれ。もう一度、抱いて。もうおしまいにしましょう。そんなやりとりのうち、女は想十郎にのしかかり、首を絞めて、ああいうことになっちまった。そんなところじゃねえのか？」

「じゃあ、あのべったりついたワサビは？」

「それは、銀蔵が見破ったように、女が気がおかしくなったのを、ワサビの辛さで治そうとしたんじゃねえのか」

「女がね」

「違うのか？」

「あっしはそこに女の亭主がからんだ気がするんです」

銀蔵がそう言うと、十四郎はパンと手を叩《たた》き、

「あ、そうだよな。そっちだ。ヤキモチだ。それで気が変になって、亭主があの家に乗り込んで来たと、そういうことか」

と、言った。

「だいたい、そんなところかと思います。だが、女が見つからないことにはどうしようもありませんよ。次は、油堀《あぶらぼり》に面したあたりの店で訊いて行きたいんですがね。女は何度か見かけたうえで声をかけたのでしょうから、あそこをよく通るところに

いると思うんです」

「よし、手分けして捜そう」

「では、旦那は堀の右を、あっしは左を聞いて行きますので」

それでもなかなか、絵の女を知っている者とは出会えない。

だが、千鳥橋《ちどりばし》の手前に来たとき、

「ああ、これは向かいの骨董屋《こっとうや》のおかみじゃないですかね」

と、材木屋の手代は言って、堀の向こう岸を指差し、

「おかみさん。これ、骨董屋のおかみですよね」

と、奥にいた見るからに愛想のいい女に声をかけた。

「どれどれ、あら、ほんとだ。これは、おこまさんよ。でも、ずいぶん若く描いてない？」

「ほんとですね」

手代もうなずいた。

「じっさいは幾つくらいなのだ？」

「あたしと同じくらいですよ」

そう言われても、女の歳は難しい。

「三十二くらいか？」

「やあね。あたし、二十三ですよ」

「いや、そう思ったんだが、あんたがずいぶん若くとか、けっこう歳がいってるみたいに言うからさ」

銀蔵は慌てて機嫌を取り結んだ。

「しかも、なんか清楚《せいそ》な感じになってるし。本物はもっと、けばけばしいわよ。口紅なんか燃えてるみたいに真っ赤だし」

「そうなのか」

「あたしが話したって、ないしょですよ」

「もちろんだ」

「おこまさんて人はね、自慢ばっかり」

「自慢？」

「男にもてたとか、旦那に三十両もする着物を買ってもらったとか、うちが儲《もう》かってるのはぜんぶ、あたしの手柄だとか、どこそこ行っちゃ自慢してるの。それで、若いとき、そっちの水茶屋で働いていて、そんときに美人画にしてもらったことがあったんですよ。それなんか、五百枚くらい自分で買って、撒《ま》くわ、撒くわ。でも、もともと絵師に頼んで描かせたらしいわよ。たぶん、その絵もそうでしょ」

「ははあ」

十四郎の想像とは、遥《はる》かにかけ離れたなりゆきだったらしい。

「でも、そういう出たがりの女に惚《ほ》れる男というのがいるんですよね。向かいの骨董屋のあるじ。歳はずいぶん違うんですよ。五十半ば。おこまさんとは三十五以上違うでしょ。自分は、馬糞《まぐそ》でも塗った蝦蟇《がま》牛みたいな顔してるくせに、豪華な感じの女が好きだったんですって。うちの旦那が町内会の集まりで聞いたらしいんだけど、五十過ぎてようやく夢の女とめぐり会ったって感激してるらしいわよ」

「そうなのか」

それにしても、このおかみさんの悪口も凄《すさ》まじい。

「でも、誰が見たっておこまさんは金目当てよ」

ぐっと声を低めて言った。

「骨董屋がそんなに金があるのか?」

「あるんですよ」

「だいたい、骨董屋なんか、どこにある?」

ここから見ても、堀の向こう岸に骨董屋らしき店は見当たらない。

「ほら、あそこですよ。豆腐屋の隣。一見すると、店かどうかわからないんですが、高級なものを扱う、その道では知られた骨董屋だそうですよ。名の知れた豪商や、お大名の用人さまなんかも、しょっちゅう来てるらしいから」

「そうなのか」

「おこまさん、なんか、悪いことでもしたの？」

材木屋のおかみは、嬉《うれ》しそうに訊《き》いた。

「うん。川に溺《おぼ》れた婆さんを、飛び込んで助けたので、奉行所で褒美を出すことになってな」

そう言うと、

「あら、そうなの」

露骨にがっかりした。

向こう岸を見れば、十四郎はその二軒先の、竹細工の店のなかにいる。銀蔵は、千鳥橋を渡って向こう岸に行き、十四郎が出て来たところに、

「十四郎さん、わかりました。そこの骨董屋のおかみで、おこまという女みたいですよ。どうも、じっさいの顔とは感じが違うみたいで、よほどよく知っている者でないと、わからないみたいです」

「そうなのか。だが、骨董屋なんか、どこにある？」

「それですよ」

たしかに、門の下に、〈奇譚堂《きたんどう》〉と書いた小さな行灯《あんどん》があるだけで、目立たない。

「骨董屋？　ああ、そこは骨董屋だったのか？　看板もなにもないので、商売を止めた店なのかと思った」

「誰かいたので？」

「いた。なんだか、肌の汚い、ガマガエルみたいな悪相で、牛のような巨体の男だったぞ」

「ははあ」

材木屋のおかみは、あるじの面貌《めんぼう》をじつに的確に描写していたのだ。

「それで、絵を見せたけど、知らないと言っていたぞ」

「知らない？　怪しいですね」

「そうだな。いくら感じが違うと言っても、亭主が気づかねえわけはねえわな」

銀蔵は、しばし考えを巡らし、顔をしかめて言った。

「下手すると、まずいことになっているかもしれませんぜ」

十

十四郎は銀蔵とともに、二度目の訪問をした。

「どうなさいました、何度も」

と、あるじは薄らとぼけた顔で言った。悪相が小芝居をすると、いかにも憎々しげである。

「おう、奇譚堂。しらばくれてんじゃねえぜ。この女は、おめえの女房のおこまじゃねえのか」

今度は銀蔵が言った。

「おこまですって？」

と、銀蔵が見せた絵をもう一度見て、

「ああ。たしかにおこまみたいですね。ただ、あれはもう女房ではないんです」

「どういうことだ？」

「ちと、事情があって、離縁したんですよ」

「ほう、離縁をな。ところで、おめえ、昨日の昼ごろ、霊岸島の銀町に、絵師の想十郎を訪ねたよな？」

「誰ですか、それは？」

「この絵を描いた絵師だよ。おこまが描いてくれと頼んだんだろう？　おこまは以前も、浮世絵にしてもらったそうじゃねえか。自分から頼み込んでな」

「そういうことはありましたが、おこまから頼んだわけじゃありません。絵師のほうが何度も描かせてくれとしつこかったそうです」

「じゃあ、この絵は？」

「それも、絵師がしつこく頼んだのでしょうな」

「これは、下書きみたいなんだ。向きを変えたのが、三枚もあるのでな」

「そうなので」

「これから、完成させた絵があると思うんだがな」

「あたしは見てませんな」

奇譚堂のあるじの素振りに、落ち着きがなくなっている。

「ちっと、奥を見せてもらおうか」

と、銀蔵は言った。店に入ったところは、ほとんどものを置いておらず、茶室にいみたいに簡素な部屋になっている。商売物はおそらく奥の部屋に置いてあって、ちいち勿体《もったい》ぶって、取り出してくるのだろう。

「やめてくれ」

「そうはいかねえんだ」

と、あるじを押しのけ、奥の部屋に入った。

両側が天井までの棚になっていて、そこにはさまざまな木箱が並んでいる。

「壊さないでくださいよ。もしも壊したら、弁償してもらうことになりますよ。どれ一つ取っても、百両前後の値がつくものばかりですからね」

あるじは喚《わめ》いたが、骨董《こっとう》の値踏みなどするつもりはない。

正面の、刀掛けが並んだわきに、女の絵があった。まさに完成したおこまの絵だった。表装もしておらず、待ち針で四隅を留めただけである。

「あっただろうが」

銀蔵は指差して言った。

「…………」

あるじの形相が変わってきた。

「想十郎の家に行ったよな？」

銀蔵の問いには答えず、

「なんで、自分の顔を描いて欲しいなんて、奇妙なことを考えたのか。よほど、自分の顔に自信があったのか。そんなに自分の顔が見たかったら、写真でも撮ってもらえばよかったんだ」

ブツブツつぶやき出した。どう見ても、尋常な頭ではなくなっている。これは想十郎でなくても、ワサビを食わせたいと思ったことだろう。

「おい、おめえさんが想十郎の家に入るところを見たってやつがいるんだぜ」

これは引っかけである。

「行った」

簡単に引っかかった。

「なにしに行ったんだ？」

「妻との仲を質《ただ》すためだ」

「おこまがなにか言ったのか？　想十郎とできているとか？」

「そんなことは言わないが、わたしにはわかった」

「想十郎を問い詰めたのだろう？　なんと言った」

「なにもないと、しらばくれた。だが、嘘に決まっている」

「想十郎は、あんたにすしを買って来たよな」

「あいつは、おなかが空《す》いてるから、そんなことを言うんだ、腹を満たして、落ち着いたほうがいいと、そう言って近所のすし屋から買って来たのだ」

「あんたは一口食べたんだろう？」

「ああ。恐ろしく辛いすしで、ワサビが鼻に抜けるようだった。こいつ、わたしを毒殺する気だなと思った」

「そうじゃねえ。想十郎は、身に覚えのないことを言われ、憑《つ》きものでも憑いたみたいな顔をしていたあんたに、落ち着いてもらおうと思ったんだよ。すべて、あんたの誤解なんだ」

「誤解なんかじゃない！」

あるじは喚いた。

「おこまは出て行ったと言うが、ほんとはいるんじゃないのか？」

正面の横に戸があり、さらに奥の部屋があるらしい。

銀蔵がその戸を開けようとすると、

「おい、岡っ引き。やめておけ。聞いているのか。わたしは、幕閣の方々や大名家とも、取引があるのだぞ」

そう言いながら、あるじは壁の刀掛けをちらりと見た。立派な拵《こしら》えの長刀が、五本ほど掛かっている。どれも、いわゆる名刀の類《たぐい》らしい。

銀蔵はチラリと十四郎の刀を見た。ごくふつうの刀で、拵えも質素なものである。もし、こいつが刀掛けの名刀を取って振り回したりしたら、十四郎の刀はポキッと折れたりするのだろうか。しかも、この巨体である。

あるじの動きに気をつけながら、銀蔵は戸を開けた。

上のほうに小さな明かり取りがあるだけで、薄暗い部屋である。ここは土蔵のようになっているらしく、火事が起きたときは、ここに売りものを入れるのかもしれない。

その奥に、長持があった。

「ん？」

銀蔵は顔をしかめた。

「おい、銀蔵」

十四郎も気がついたらしい。

「ええ。臭いますね」

墓場から、ときおりうっすらと漂ってくる臭いである。

「奇譚堂。あの長持を出してきて、開けてみてくれ」

と、銀蔵は言った。できれば、入れたやつに、出させたい。

「あれには、希少な毛皮などが入っているのだ。いくらか臭うのは、そのせいだ」

「いいから、開けるんだ」

銀蔵が言うと、あるじは膝《ひざ》から崩れ込んだ。

「おこまが、あたしの気持ちをないがしろにして、あんな絵師とできちまいやがって」

「できちゃいねえだろうよ」

むしろ、想十郎は逃げ腰だったはずである。絵師として輝かしい将来があったかもしれないのに、こんな夫婦とめぐり会ったのは、災難というほかはない。

「できたんだ！」

あるじは喚きながら、刀掛けから刀を取ろうとした。だが、その動きは銀蔵の予想通りである。伸ばした手の指を摑《つか》むと、ぐいっと外側に曲げた。

「あ、痛たたた」

つづいてもう一方の二本の指を、あるじの鼻の穴に差し込むと、顔を持ち上げ、足をかけた。あるじは、のけぞるように後ろへ倒れ、その顔の前へ十四郎の剣先がぴたりとつけられた。

それでもなお、

「おこまと絵師はできてたんだ。姦通《かんつう》でしょうが。殺してなにが悪い！」

奇譚堂のあるじは言い張った。

「証拠でもあるのかよ？」

銀蔵が呆《あき》れたように訊《き》いた。

「あの絵を見てください。いい顔をしてますでしょう。やさしげで、慈愛に溢《あふ》れている。おこまはね、あたしに対して、あんな顔をしたことは、いままでいっぺんだってなかったんです。あの顔こそ、おこまと絵師ができていた証拠ですよ」

銀蔵と十四郎は、もう一度、その絵を見た。

確かに、いい顔をしていた。

目元に、なんとも言えないやさしさがあふれている。このやさしさは、おこまのやさしさではない。想十郎のやさしさと、憧《あこが》れの気持ちが表われたのではないか。

「なんだか、おけいさんに似ているな」

と、十四郎がつぶやくように言った。

十一

涼しくなるかと期待したが、夜になって暑さがぶり返したらしく、寝苦しさに、何度も目が覚め、朝方ぐっすり寝入ってしまって、銀蔵は起きるのが遅くなった。

中庭で顔を洗っていると、

「銀蔵。すぐに来てくれ。押し込みがあったそうだ」

と、十四郎が飛び込んで来た。

「どこです？」

「通《とおり》二丁目の〈小田原屋《おだわら》〉だ」

「小田原屋……」

間口十間（十八メートル）を超す、薬種問屋である。

目抜き通りの大店《おおだな》に押し込みと聞き、銀蔵は嫌な予感がした。

二人が駆けつけたときは、すでに奉行所からも大勢の同心たちが到着していた。

縛られていた女中が、なんとか縄をほどき、直接、奉行所に駆け込んだらしかった。

「五人もやられたよ」

先に来ていた検死役の市川一勘が、うんざりしたように言った。そこへ、通いの一番番頭がやって来た。白髪頭で、六十は超していそうである。

「まさか、押し込みに……」

と、番頭は町方が大勢来ているのを見て、青ざめた。

「ちっと、遺体を確かめてもらいてえんだ」

と、市川が五人の遺体を確かめさせた。

五人すべてを見た一番番頭の目が、真っ赤になっている。

「間違いありません。あるじの長右衛門《ちょうえもん》に、おかみさんのお八重《やえ》さん。それと、住み込みの手代の、菊市《きくいち》に茂市《もいち》、それと小僧から手代になったばかりの梅市《うめいち》です」

通いの二番番頭や、手代たちも次々にやって来て、惨状に唖然《あぜん》となっている。

次第に、盗まれた金もわかってきた。

蔵から千両箱が二つ、盗まれたらしい。

「結局、ここにいて、生き残った者は何人いるんだ？」

と、市川が宿直だった坂井為次郎《さかいためじろう》という若い同心に訊いた。

「二階で、二歳の娘が眠っていて、幸い、その子は無事でした。それからあっちの離れで、女中が三人、縛られていたみたいです。そのうちの一人が、縄を解き、奉行所に駆けつけました。ただ、女中たちは悪さもされたようで、いまは口もろくろくきけないほどになっています」

と、坂井は答えた。

「ほかに、いなくなっている者はいないいな？」

市川が店の者たちを見回した。

「あれ？　竹吉《たけきち》はいないか？」

二番番頭が手代に質《ただ》すと、見かけないという返事が返ってきた。

「竹吉というのは？」

「うちの小僧です。まだ十四になったばかりなんですが、身体が小さいので、十くらいにしか見えません。まさか、竹吉まで……」

番頭たちは、店のなかを、捜し回った。

「竹吉！　竹吉はいないか！」

大声で呼んで歩いた。

「番頭さん」

奥のほうで子どもの声がしたので、皆、いっせいに声が聞こえたほうへ向かった。

台所のほうらしい。

「どこだ、竹吉」

「ここです、ここ」

台所の手前の物入れみたいな棚の戸が開き、小さな子どもの顔が見えた。だいぶ泣いたりもしたらしく、目の周りはまだらに汚れている。

「おう、竹吉。よかった、隠れていたのか」

二番番頭が下りられるように手を伸ばしながら言った。

「おいら、怖くて、気がついたら、ここに上がっていて」

身軽な子どもでなかったら、とても上れないような棚である。

手助けもなしで、つつっと降りて来ると、

「ああ、怖かった」

ニコッと笑って言った。

「竹吉。押し込みのやつらを見たのか？」

市川が訊いた。

「いえ。顔とか、姿とかは見てません。ずっと、ここに隠れてたので」

「そうか」

「でも、話していることは聞こえました」

「どんなことを話していた？」

市川の問いに、竹吉はいったん考えるように下を向き、顔を上げると、聞いた声の調子を真似るように、ゆっくりとこう言ったのだった。

「もう谷崎十三郎は隠居しちまったらしい。町方に怖いやつは、いなくなったぜ」

本書は書き下ろしです。

寿司銀捕物帖《すしぎんとりものちよう》

マグロの戯《たわむ》れ

風野真知雄《かぜのまちお》

令和7年 2月25日　初版発行

発行者●山下直久

発行●株式会社KADOKAWA
〒102-8177　東京都千代田区富士見2-13-3
電話　0570-002-301（ナビダイヤル）

角川文庫 24542

印刷所●株式会社暁印刷
製本所●本間製本株式会社

表紙画●和田三造

ISBN 978-4-04-115374-1　C0193

◇◇◇

角川文庫発刊に際して

角川源義

第二次世界大戦の敗北は、軍事力の敗北であった以上に、私たちの若い文化力の敗退であった。私たちの文化が戦争に対して如何に無力であり、単なるあだ花に過ぎなかったかを、私たちは身を以て体験し痛感した。西洋近代文化の摂取にとって、明治以後八十年の歳月は決して短かすぎたとは言えない。にもかかわらず、近代文化の伝統を確立し、自由な批判と柔軟な良識に富む文化層として自らを形成することに私たちは失敗して来た。そしてこれは、各層への文化の普及滲透を任務とする出版人の責任でもあった。

一九四五年以来、私たちは再び振出しに戻り、第一歩から踏み出すことを余儀なくされた。これは大きな不幸ではあるが、反面、これまでの混沌・未熟・歪曲の中にあった我が国の文化に秩序と確たる基礎を齎らすためには絶好の機会でもある。角川書店は、このような祖国の文化的危機にあたり、微力をも顧みず再建の礎石たるべき抱負と決意とをもって出発したが、ここに創立以来の念願を果すべく角川文庫を発刊する。これまで刊行されたあらゆる全集叢書文庫類の長所と短所とを検討し、古今東西の不朽の典籍を、良心的編集のもとに、廉価に、そして書架にふさわしい美本として、多くのひとびとに提供しようとする。しかし私たちは徒らに百科全書的な知識のジレッタントを作ることを目的とせず、あくまで祖国の文化に秩序と再建への道を示し、この文庫を角川書店の栄ある事業として、今後永久に継続発展せしめ、学芸と教養との殿堂として大成せんことを期したい。多くの読書子の愛情ある忠言と支持とによって、この希望と抱負とを完遂せしめられんことを願う。

一九四九年五月三日

角川文庫ベストセラー

妻は、くノ一　全十巻
風野真知雄

平戸藩の御船手方書物天文係の雙星彦馬は藩きっての変わり者。その彼のもとに清楚な美人、織江が嫁に来た!? だが織江はすぐに失踪。彦馬は妻を探しに江戸へ向かう。実は織江は、凄腕のくノ一だったのだ！

いちばん嫌な敵
妻は、くノ一　蛇之巻1
風野真知雄

運命の夫・彦馬と出会う前、長州に潜入していた凄腕くノ一織江。任務を終え姿を消すが、そのときある男に目をつけられていた──。最凶最悪の敵から、織江は逃れられるか？　新シリーズ開幕！

幽霊の町
妻は、くノ一　蛇之巻2
風野真知雄

日本橋にある橋を歩く坊主頭の男が、いきなり爆発した。騒ぎに紛れて男は逃走したという。前代未聞の事件が、実は長州忍者のしわざだと考えた織江は、その恐ろしい目的に気づき……書き下ろしシリーズ第2弾。

大統領の首
妻は、くノ一　蛇之巻3
風野真知雄

かつて織江の命を狙っていた長州忍者・蛇文が、米国の要人暗殺計画に関わっているとの噂を聞いた彦馬と織江。保安官、ピンカートン探偵社の仲間とともに蛇文を追い、ついに、最凶最悪の敵と対峙する！

姫は、三十一
風野真知雄

平戸藩の江戸屋敷に住む清湖姫は、微妙なお年頃のお姫様。市井に出歩き町角で起こる不思議な出来事を調べるのが好き。この年になって急に、素敵な男性が次々と現れて……恋に事件に、花のお江戸を駆け巡る！

角川文庫ベストセラー

恋は愚かと
姫は、三十一2
風野真知雄

赤穂浪士を預かった大名家で発見された奇妙な文献。そこには討ち入りに関わる驚愕の新事実が記されていた。さらにその記述にまつわる殺人事件も発生。右往左往する静湖姫の前に、また素敵な男性が現れて――。

君微笑めば
姫は、三十一3
風野真知雄

謎の書き置きを残し、駆け落ちした姫さま。豪商〈薩摩屋〉から、奇妙な手口で大金を盗んだ義賊・怪盗一寸小僧。モテ年到来の静湖姫が、江戸を賑わす謎を追う！　大人気書き下ろしシリーズ第三弾！

薔薇色の人
姫は、三十一4
風野真知雄

売れっ子絵師・清麿が美人画に描いたことで人気となった町娘2人を付け狙う者が現れた。〈謎解き屋〉を始めた自由奔放な三十路の姫さま・静湖姫は、その不届き者捜しを依頼されるが……。人気シリーズ第4弾！

鳥の子守唄
姫は、三十一5
風野真知雄

謎解き屋を始めた、モテ期の姫さま静湖姫。今度の依頼人は、なんと「大鷲にさらわれた」という男。一方、〝渡り鳥貿易〟で異国との交流を図る松浦静山の屋敷に、謎の手紙をくくりつけたカッコウが現れ……。

運命のひと
姫は、三十一6
風野真知雄

〈謎解き屋〉を開業中の静湖姫にまた奇妙な依頼が。長屋に住む八世帯が一夜で入れ替わった謎を解いてくれというのだ。背後に大事件の気配を感じ、姫は張り切って謎に挑む。一方、恋の行方にも大きな転機が⁉

角川文庫ベストセラー

月に願いを
姫は、三十一7
風野真知雄

静湖姫は、独り身のままもうすぐ32歳。そんな折、ある藩の江戸上屋敷で藩士100人近くの死体が見付かる。調査に乗り出した静湖が辿り着いた意外な真相とは？　そして静湖の運命の人とは!?　衝撃の完結巻！

西郷盗撮
剣豪写真師・志村悠之介
風野真知雄

元幕臣で北辰一刀流の達人の写真師・志村悠之介は、ある日「西郷隆盛の顔を撮れ」との密命を受ける。鹿児島に潜入し西郷に接近するが、美しい女写真師、人斬り半次郎ら、一筋縄ではいかぬ者たちが現れ……。

鹿鳴館盗撮
剣豪写真師・志村悠之介
風野真知雄

写真師で元幕臣の志村悠之介は、幼なじみの百合子と再会する。彼女は子爵の夫人となり鹿鳴館の華といわれていた。逢瀬を重ねる2人は鹿鳴館と外交にまつわる陰謀に巻き込まれ……大好評〝盗撮〟シリーズ！

ニコライ盗撮
剣豪写真師・志村悠之介
風野真知雄

来日中のロシア皇太子が襲われるという事件が勃発。襲撃現場を目撃した北辰一刀流の達人にして写真師の志村悠之介は事件の真相を追うが……日本中を震撼させた大津事件の謎に挑む、長編時代小説。

妖かし斬り
四十郎化け物始末1
風野真知雄

烏につきまとわれているため〝からす四十郎〟と綽名される浪人・月村四十郎。ある日病気の妻の薬を買うため、用心棒仲間も嫌がる化け物退治を引き受ける。油問屋に巨大な人魂が出るというのだが……。

角川文庫ベストセラー

百鬼斬り
四十郎化け物始末2
風野真知雄

借金返済のため、いやいやながらも化け物退治を引き受けるうちに有名になってしまった浪人・月村四十郎。ある日そば屋に毎夜現れる閻魔を退治してほしいとの依頼が……人気著者が放つ、シリーズ第2弾！

幻魔斬り
四十郎化け物始末3
風野真知雄

礼金のよい化け物退治をこなしても、いっこうに借金の減らない四十郎。その四十郎にまた新たな化け物退治の依頼が舞い込んだ。医院の入院患者が、一夜にして骸骨になったというのだ。四十郎の運命やいかに！

猫鳴小路のおそろし屋
風野真知雄

江戸は新両替町にひっそりと佇む骨董商〈おそろし屋〉。光圀公の杖は四両二分……店主・お縁が売る古い品には、歴史の裏の驚愕の事件譚や、ぞっとする話がついてくる。この店にもある秘密があって……？

猫鳴小路のおそろし屋2
酒呑童子の盃
風野真知雄

江戸の猫鳴小路にて、骨董商〈おそろし屋〉をひっそりと営むお縁と、お庭番・月岡。赤穂浪士が吉良邸討ち入り時に使ったとされる太鼓の音に呼応するように、第二の刺客〝カマキリ半五郎〟が襲い来る！

猫鳴小路のおそろし屋3
江戸城奇譚
風野真知雄

江戸・猫鳴小路の骨董商〈おそろし屋〉で売られている骨董は、お縁が大奥を逃げ出す際、将軍・徳川家茂が持たせた物だった。お縁はその骨董好きゆえ、江戸城の秘密を知ってしまったのだ――。感動の完結巻！

角川文庫ベストセラー

女が、さむらい　風野真知雄

修行に励むうち、千葉道場の筆頭剣士となっていた長州藩の風変わりな娘・七緒は、縁談の席で強盗殺人事件に遭遇。犯人を倒し、謎の男・猫神を助けたことから、妖刀村正にまつわる陰謀に巻き込まれ……。

女が、さむらい　鯨を一太刀　風野真知雄

徳川家に不吉を成す刀〈村正〉の情報収集のため、店を構えたお庭番の猫神と、それを手伝う女剣士の七緒。ある日、斬られた者がその場では気づかず、帰宅してから死んだという刀〈兼光〉が持ち込まれ……？

女が、さむらい　置きざり国広　風野真知雄

情報収集のための刀剣鑑定屋〈猫神堂〉に持ち込まれた名刀〈国広〉。なんと下駄屋の店先に置き去りにされていたという。高価な刀が何故？　時代の変化が芽吹く江戸で、腕利きお庭番と美しき女剣士が活躍！

女が、さむらい　最後の鑑定　風野真知雄

刀に纏わる事件を推理と剣術で鮮やかに解決してきた猫神と七緒。江戸に降った星をきっかけに幕府と紀州忍軍、薩摩・長州藩が動き出し、2人も刀に導かれるように騒ぎの渦中へ――。驚天動地の完結巻！

沙羅沙羅越え　風野真知雄

戦国時代末期。越中の佐々成政は、家康に、秀吉への徹底抗戦を懇願するため、厳冬期の飛騨山脈越えを決意する。何度でも負けてやる――白い地獄に挑んだ生真面目な武将の生き様とは。中山義秀文学賞受賞作。

角川文庫ベストセラー

計略の猫
新・大江戸定年組
風野真知雄

元同心の藤村、大身旗本の夏木、商人の仁左衛門は子どもの頃から大の仲良し。悠々自適な生活のため3人の隠れ家をつくったが、江戸中から続々と厄介事が持ち込まれて……⁉ 大人気シリーズ待望の再開！

金魚の縁《えにし》
新・大江戸定年組
風野真知雄

元同心の藤村慎三郎は、隠居をきっかけに幼なじみの旗本・夏木権之助、商人・仁左衛門とよろず相談を開くことになった。息子の思い人を調べて欲しいとの依頼で、金魚屋で働く不思議な娘に接近するが……。

変身の牛
新・大江戸定年組
風野真知雄

少年時代の水練仲間3人組は、隠居をきっかけに町で〝よろず相談所〟をはじめた。次々舞い込む依頼に、骨を休める暇もない。町名主の奈良屋は、息子が牛になってしまったという相談を持ち込んできて……。

幽女の鐘
新・大江戸定年組
風野真知雄

江戸を巨大地震が襲った――。荒廃する街を目の当たりにして、人々の心は不安に押しつぶされそうになる。元同心の藤村を中心にした古なじみたちのよろず相談所は、平穏な日々を取り戻すために立ち上がった。

賭場の狼
新・大江戸定年組
風野真知雄

大地震後の江戸の治安は乱れきっていた。よろず相談所の隠居3人組が怪しげなバクチをはじめた男を調べていた矢先、近くのすっぽん屋が何者かに殺されてしまい……息もつかせぬ展開の時代活劇！

角川文庫ベストセラー

初秋の剣
大江戸定年組
風野真知雄

少年時代からの悪友3人組、元同心の藤村、大身旗本の夏木、商人の仁左衛門は豊かな隠居生活のため、男だけの隠れ家を作ることにした。物件を探し始めた矢先、商人の女房の誘拐事件に巻き込まれて……。

菩薩の船
大江戸定年組
風野真知雄

隠居を機に江戸でよろず相談所を開いた元同心の藤村、大身旗本の夏木、小間物屋の仁左衛門の幼なじみ3人組。豪商の妻たちから「夫が秘密の会合を持っている」と相談を受け、調査に乗り出してみると……。

起死の矢
大江戸定年組
風野真知雄

老後の生活を豊かなものにするため、藤村・夏木・仁左衛門の幼なじみ3人組は景色の良い隠れ家でよろず相談所を開設した。自身番から持ち込まれたのは、「何も盗らない」奇妙な押し込み事件の相談で……。

下郎の月
大江戸定年組
風野真知雄

元同心・藤村、大身旗本・夏木、商人・仁左衛門の3人は、還暦を目前によろず相談所を開いた。八百屋の女房は、剣術に没頭する夫の復讐を止めたいと言うが……タフな隠居トリオが町の悩みをなんでも解決。

金狐の首
大江戸定年組
風野真知雄

かつての水練仲間である藤村・夏木・仁左衛門の旧友3人組は、隠居を機に町でよろず相談所をはじめた。友人に連れられ怪しげな見世物を見に行った仁左衛門は、そこでとんでもない光景を目の当たりにする。

角川文庫ベストセラー

酔いどれて候4
武士の一言
稲葉稔

浅草裏を歩いていた曾路里新兵衛は、畑を耕す見慣れない男を目に留めた。その男の動きは、百姓のそれではない。立ち去ろうとした新兵衛はその男に呼び止められ、なんと敵討ちの立ち会いを引き受けることに。

酔いどれて候5
侍の大義
稲葉稔

苦情を言う町人を説得するという普請下奉行の使い・次郎左、さらに飾り職人殺し捜査をする岡っ引き・伝七の助働きもすることになった曾路里新兵衛。なぜか繋がりを見せる二つの事態。その裏には——。

風塵の剣 (一)
稲葉稔

天明の大飢饉で傾く藩財政立て直しを図る父が、藩主の怒りを買い暗殺された。幼き彦蔵も追われながら、藩への復讐を誓う。そして人々の助けを借り、苦難や挫折を乗り越えながら江戸へ赴く——。書き下ろし！

風塵の剣 (二)
稲葉稔

藩への復讐心を抱きながら、剣術道場・凌宥館の副師範代となった彦蔵。絵で身を立てられぬかとの考えも頭をよぎるが、そんな折、その剣の腕とまっすぐな性格を見込まれ、さる人物から密命を受けることに——。

風塵の剣 (三)
稲葉稔

歌川豊国の元で絵の修行をしながらも、極悪人を裏で成敗する根岸肥前守の直轄〝奉行組〟として目覚ましい働きを見せる彦蔵。だがある時から、何者かに命を狙われるように——。書き下ろしシリーズ第3弾！